AS ARTISTAS

CONTEÚDO

INTRODUÇÃO 6

LINHA DO TEMPO 8

GUAN DAOSHENG (1262-1319) 11

CRISTINA DE PISANO (1364-1430) 13

LAVINIA FONTANA (1552-1614) 15

ELISABETTA SIRANI (1638-1665) 17

ÉLISABETH-LOUISE VIGÉE-LE BRUN (1755-1842) . . . 19

JULIA MARGARET CAMERON (1815-1879) 21

ROSA BONHEUR (1822-1899) 23

HARRIET POWERS (1837-1910) 25

MARY EDMONIA LEWIS (1844-1907) 27

MARY CASSATT (1844-1926) 29

NAMPEYO (1859-1942) 31

BEATRIX POTTER (1866-1943) 33

ELEMENTOS E PRINCÍPIOS DE ARTE E DESIGN . . . 34

JEANNE PAQUIN (1869-1936) 37

JULIA MORGAN (1872-1957) 39

TARSILA DO AMARAL (1886-1973) 41

GEORGIA O'KEEFFE (1887-1986) 43

HANNAH HÖCH (1889-1978) 45

ALMA THOMAS (1891-1978) 47

AUGUSTA SAVAGE (1892-1962) 49

DOROTHEA LANGE (1895-1965) 51

DOROTHY LIEBES (1897-1972) 53

TAMARA DE LEMPICKA (1898-1980) 55

LOUISE NEVELSON (1899-1988) 57

ESTATÍSTICAS DA ARTE 58

BELLE KOGAN (1902-2000) 61

LOLA ÁLVAREZ BRAVO (1903-1993) 63

LOÏS MAILOU JONES (1905-1998) 65

LEE MILLER (1907-1977) 67

FRIDA KAHLO (1907-1954) 69
CIPE PINELES (1908-1991) 71
MARY BLAIR (1911-1978) 73
THELMA JOHNSON STREAT (1911-1959) 75
LOUISE BOURGEOIS (1911-2010) 77
RAY EAMES (1912-1988) 79
MÉRET OPPENHEIM (1913-1985) 81
AMRITA SHER-GIL (1913-1941) 83
ELIZABETH CATLETT (1915-2012) 85
FERRAMENTAS ARTÍSTICAS 86
RUTH ASAWA (1926-2013) 89
NORMA SKLAREK (1926-2012) 91
YAYOI KUSAMA (1929-) 93
FAITH RINGGOLD (1930-) 95
JEANNE-CLAUDE DENAT DE GUILLEBON (1935-2009) 97
WENDY CARLOS (1939-) 99
PAULA SCHER (1948-) 101
HUNG LIU (1948-) 103
ZAHA HADID (1950-2016) 105
CHAKAIA BOOKER (1953-) 107
KAZUYO SEJIMA (1956-) 109
SHIRIN NESHAT (1957-) 111
SOKARI DOUGLAS CAMP (1958-) 113
MAYA LIN (1959-) 115
MAIS MULHERES NAS ARTES 116
CONCLUSÃO 119
FONTES 120
AGRADECIMENTOS 123
SOBRE A AUTORA 124
ÍNDICE REMISSIVO 126

INTRODUÇÃO

A arte é mais do que simplesmente bela, é poderosa! Tudo que nos rodeia, quer você perceba ou não, foi tocado por um artista. O prédio em que você mora, o *outdoor* na rua, a estampa de sua camiseta — tudo começou como um conceito na mente de um artista. Muitos pensam que nossa capacidade de nos expressarmos criativamente é o que torna os seres humanos especiais. Homens e mulheres têm produzido arte desde as pinturas nas cavernas dos tempos pré-históricos. No entanto, ao longo da história, as mulheres têm sido excluídas dos registros da expressão criativa da humanidade. As mulheres deste livro tiveram de lutar contra o sexismo, o preconceito de classe e o racismo para que sua arte fosse vista, levada a sério e apreciada. Por sua luta para serem vistas, sua arte fez história.

A arte retrata nossa cultura e confirma ou desafia nossas expectativas em relação ao que consideramos normal. Ao longo da história, instituições poderosas de todo o mundo empregaram artistas para garantir que sua narrativa fosse apresentada adequadamente. Seja a realeza gastando uma fortuna durante a Renascença para garantir que os quadros a retratassem perfeitamente ou as grandes empresas de hoje gastando milhões de dólares em publicidade para vender seus produtos, a arte é uma ferramenta usada para passar uma mensagem clara ao povo.

O que acontece quando as pessoas recuperam o poder da arte? Muitas mulheres deste livro usaram seu talento para contar verdades, falar sobre injustiças e trazer visibilidade ao que não era visto, porque é assim que novas ideias podem ser disseminadas e o mundo pode começar a mudar para melhor.

A arte pode ser usada para capacitar e celebrar heróis. Durante o auge da segregação racial nos Estados Unidos, muitos artistas, entre eles Elizabeth Catlett, não puderam entrar para as universidades por causa das políticas racistas. Mas Elizabeth estava determinada a fazer uma arte que celebrasse os negros, e os retratou com beleza e força. Hoje, sua arte representando líderes negros como Martin Luther King Jr. e Harriet Tubman tem sido exibida em museus de todo o mundo.

A arte expõe verdades e conta nossa história compartilhada. Quando a invasão dos Aliados à Europa aconteceu em 1944, a artista Lee Miller era a única fotógrafa na linha de frente. Ela foi um dos primeiros fotógrafos a documentar os horrores do Holocausto. Quando muitos negavam que os campos de concentração existiam, as fotografias de Lee obrigaram o mundo a confrontar a verdade.

A arte cria ícones e gritos mobilizadores. Embora Frida Kahlo não fosse plenamente apreciada durante sua vida, o legado de seu trabalho é uma força por si mesmo. Ela foi redescoberta nos anos 1970, décadas depois de sua morte, e desde então seu trabalho tem sido exibido em importantes museus ao redor do mundo. Por meio de dezenas de autorretratos, as pessoas viram Frida e sua alegria, sua dor, suas esperanças e seus medos. Também viram uma mulher que, sem pedir desculpas, não se submeteu aos padrões de beleza ocidentais e celebrou orgulhosamente sua herança mexicana. Seus quadros influenciaram a moda, a música e os filmes modernos. Frida se tornou uma voz mobilizadora para o feminismo.

E, talvez ainda mais importante, a arte pode curar. Quando Maya Lin, então uma estudante de arte de 21 anos, projetou o *Memorial dos veteranos do Vietnã*, escolheu criar um novo tipo de monumento. Em vez de um memorial tradicional adornado com brasões e a bandeira, Maya projetou um simples muro inclinado, gravado com os nomes dos que morreram. O memorial foi inaugurado em uma época em que o país estava separado pela derrota na guerra e pela política divisiva, mas milhares de pessoas foram lamentar os mortos, e o muro permitia que cada uma expressasse o luto em seus próprios termos. A arte pode ser usada para criar um espaço que nos conecte em nossa humanidade compartilhada.

Essas mulheres perseveraram com cada pincelada, golpe do cinzel na pedra e linha desenhada. Hoje, celebramos sua arte e suas histórias para podermos entender como suas obras influenciaram nossa vida. A arte é mais do que simplesmente algo bonito, ela molda e reflete o nosso mundo.

LINHA DO TEMPO

Por toda a história, as mulheres se expressaram pela arte. Apesar de não terem acesso igualitário a educação, formação ou patrocínio, as artistas influenciaram o mundo. Vamos celebrar os marcos e as realizações importantes das mulheres na história da arte!

25000 a.C.

As pinturas em cavernas e as esculturas mais antigas que conhecemos são dessa época. Três quartos das pinturas rupestres são assinadas com impressões de mãos que os arqueólogos acreditam terem sido feitas por mulheres.

300 a.C.

As mulheres trabalhavam com os homens na cerâmica grega. Mulheres como Helena do Egito foram descritas como grandes pintoras e artistas de mosaico.

1399

Cristina de Pisano escreveu seu primeiro texto feminista, *Epístola ao deus do amor*. Seus manuscritos e seus poemas com iluminuras são considerados alguns dos primeiros textos feministas do mundo ocidental.

1876

Mary Edmonia Lewis foi a primeira escultora afro-americana internacionalmente aclamada, e uma de suas esculturas foi exibida na Exposição Universal de 1876.

1964

Aprovação do Civil Rights Act, que tornou ilegais muitas formas de discriminação nos Estados Unidos, acabando com a segregação racial em escolas e locais de trabalho. Isso deu mais oportunidades ao afro-americanos.

1987

Inauguração do National Museum of Women in the Arts na cidade de Washington.

ANOS 1000

As freiras eram as únicas mulheres na Europa medieval com acesso regular à educação. Monges e freiras criavam manuscritos com iluminuras e objetos religiosos.

1088

Fundação da Universidade de Bolonha. Foi uma das primeiras escolas que permitiram que as mulheres participassem e lecionassem no ensino superior, no século XII. Foi oficialmente aberta a estudiosas no século XVIII.

1920

As mulheres nos Estados Unidos conquistaram o direito ao voto com a aprovação da 19ª Emenda.

1942

Thelma Johnson Streat tornou-se a primeira afro-americana a ter uma obra comprada pelo Museu de Arte Moderna, *Rabbit Man* (1941).

2001

A pintora Frida Kahlo tornou-se a primeira latina representada em um selo postal dos EUA.

AGORA

Você pode ser a próxima grande artista!

"AS GERAÇÕES FUTURAS PODEM SABER QUE MEU REINO TINHA NÃO APENAS UMA CALÍGRAFA ESPECIALIZADA, MAS TODA UMA FAMÍLIA COMPETENTE EM CALIGRAFIA!" — IMPERADOR RENZONG SOBRE ORDENAR QUE GUAN DAOSHENG COPIASSE O *TEXTO DE MIL CARACTERES*.

GUAN DAOSHENG
POETA E PINTORA · (1262-1319)

Nascida em 1262, em Huzhou, na China, Guan Daosheng foi uma das artistas mais famosas da história chinesa. Aos 24 anos, casou-se com Zhao Mengfu, um pintor que trabalhava para o imperador. Viajava com o marido enquanto ele fazia negócios imperiais oficiais por todo o país. Nessas viagens, ela pôde ver áreas rurais da China que em geral não eram vistas pelas mulheres de classe alta e foi exposta a alguns dos maiores artistas de sua época. Inspirada, começou a pintar em 1296. Suas obras tornaram-se famosas ao longo da dinastia Yuan. O imperador Renzong encomendou a Guan Daosheng uma cópia de *Texto de mil caracteres* e exibiu sua obra junto com exemplos de caligrafia do marido e do filho dela.

A pintura a tinta de bambus era o tema preferido de Guan Daosheng. Na época, o bambu era sobretudo pintado em um estilo "masculino" e era usado para simbolizar um cavalheiro chinês. Apesar de ser um símbolo tão masculino em sua cultura, ela se reapropriou do bambu para contar histórias de sua própria vida e, muitas vezes, usava caligrafia para escrever sua poesia diretamente sobre as pinturas. Ela não só criou pinturas a tinta que eram *closes* icônicos de bambu, mas também incorporou a planta em paisagens maiores, criando profundidade e atmosfera. Sua arte rapidamente ganhou fama entre as mulheres na corte Yuan, que muitas vezes lhe encomendavam obras. Durante uma época histórica em que quase toda a arte tinha perspectiva masculina, Guan Daosheng foi uma das poucas artistas que produziam arte para outras mulheres.

Durante toda a vida, Guan Daosheng combinou poesia e pinturas para se expressar. Aos 58 anos ficou doente, e morreu em 1319. Seu marido ficou inconsolável com a morte dela e passou a pintar principalmente bambus para celebrar sua memória. Hoje, ela é lembrada como uma pioneira nas artes chinesas.

SUA PINTURA *BAMBUZAIS COM NÉVOA E CHUVA* (1308) APARECE EM LIVROS DE HISTÓRIA DA ARTE ATUAIS.

SUA FAMA E SUA HABILIDADE ERAM CONHECIDAS EM TODO O MUNDO. EXISTEM MENÇÕES À SUA ARTE EM MANUSCRITOS EUROPEUS DO SÉCULO XIV.

LADY LI DE SHU, OUTRA ARTISTA DA ÉPOCA, PINTAVA BAMBUS EM UM "ESTILO FEMININO", TRAÇANDO SUAS SOMBRAS AO LUAR.

ELA PINTOU MURAIS BUDISTAS PARA TEMPLOS YUAN.

ELA USOU O BAMBU COMO SÍMBOLO EM SUA POESIA AUTOBIOGRÁFICA PARA FALAR DE SEUS FILHOS, SEU MARIDO E SEUS SENTIMENTOS SOBRE O ENVELHECIMENTO.

SEU FILHO TAMBÉM ERA UM CALÍGRAFO HABILIDOSO.

CRISTINA DE PISANO
ESCRITORA E DIRETORA DE ARTE DE MANUSCRITOS COM ILUMINURAS · (1364-1430)

Cristina de Pisano nasceu na Itália em 1364. Ainda pequena, mudou-se para Paris, onde seu pai tinha sido nomeado astrólogo para a corte real da França. Na França medieval, a maioria das mulheres não era educada, nem tinha profissão própria. Em vez disso, muitas moças eram encaminhadas para o casamento já a partir dos 12 anos. Então, foi excepcional que Cristina tenha aprendido a ler e escrever com o pai. Ela passou a juventude explorando as bibliotecas da corte e se apaixonou pelos livros.

Aos 15 anos, casou-se com um nobre e estudioso, Etienne du Castel. Continuou seus estudos, e o marido a incentivava a escrever, o que era incomum para a época. Depois de dez anos de casamento, Etienne morreu, e ela ficou viúva aos 25 anos. Tinha três filhos para sustentar e duas escolhas: casar-se novamente ou usar seu talento para sustentar a família. Na Idade Média, era aceitável que uma viúva administrasse um negócio, e assim ela começou sua carreira enviando sua poesia e sua prosa para os membros da corte. Também começou a transcrever e ilustrar o trabalho de outras pessoas. Naquela época, as ilustrações que acompanhavam os textos eram incrivelmente importantes porque pouquíssimas pessoas sabiam ler. Esses textos muito ilustrados eram chamados de manuscritos com iluminuras. Em 1393, ela se tornou famosa na corte real pelos poemas de amor sobre seu falecido marido. Muitos nobres e até a rainha da Baviera foram patronos de seu trabalho, e Cristina conseguiu sustentar sua família sem nenhuma outra ajuda.

Cristina começou a escrever sobre política, moralidade e a força das mulheres. Um de seus livros mais importantes e famosos, *O livro da cidade das mulheres*, foi publicado em 1405. Nele, escreve sobre o heroísmo das mulheres ao longo da história e a opressão que enfrentavam na Europa medieval. Nesse livro, Cristina descreve uma cidade utópica, construída apenas para mulheres, onde elas vivem sem medo da misoginia.

Cristina foi um dos poucos autores que se envolviam em todas as etapas da criação de um manuscrito com iluminuras. Escolhia quem ilustraria seus livros e dirigia de perto a arte em todos os detalhes. Durante toda a sua carreira, produziu 41 obras de poesia e prosa e se tornou famosa e respeitada. Em 1418, retirou-se para um convento perto de Paris. Lá, escreveu seu último poema, "O *ditié* de Joana d'Arc", em 1429.

TRABALHOU COM UMA ILUSTRADORA CHAMADA ANASTASIA.

OS MANUSCRITOS COM ILUMINURAS TINHAM FOLHAS DE OURO EM SUAS PÁGINAS E ERAM ITENS DE LUXO PARA OS RICOS.

EM 1404, ESCREVEU UMA BIOGRAFIA CHAMADA *O LIVRO DOS FEITOS E BOAS MANEIRAS DO SÁBIO REI CHARLES V*.

MUITOS AUTORES DA ÉPOCA FAZIAM COMENTÁRIOS SEXISTAS SOBRE AS MULHERES SEREM "SEDUTORAS". CRISTINA REBATEU ISSO ESCREVENDO *ROMANCE DA ROSA* (1402).

EM UMA ILUMINURA DE *O LIVRO DA CIDADE DAS MULHERES*, CRISTINA É REPRESENTADA AJUDANDO A CONSTRUIR UMA NOVA CIDADE COM TRÊS MULHERES QUE SIMBOLIZAM A INTEGRIDADE, A RAZÃO E A JUSTIÇA.

LAVINIA FONTANA
PINTORA · (1552-1614)

DURANTE A RENASCENÇA, AS PESSOAS ACHAVAM QUE O TALENTO ARTÍSTICO ERA UM DOM DE DEUS, E A MAIOR PARTE DA ARTE EM GRANDE ESCALA ERA ENCOMENDADA E PATROCINADA PELA IGREJA CATÓLICA.

RECEBEU UM DIPLOMA DA UNIVERSIDADE DE BOLONHA EM 1580.

AO CONTRÁRIO DE OUTRAS ESCOLAS, MULHERES ESTUDAVAM LÁ E ERAM ADMITIDAS OFICIALMENTE NOS ANOS 1700.

Lavinia Fontana nasceu em Bolonha, Itália, em 1552, em meados da Renascença. Embora fosse uma época revolucionária para a cultura europeia, muitas pessoas ainda achavam perigoso que as mulheres fossem educadas. As mulheres não tinham permissão para serem formalmente artistas-aprendizes nem para estudar modelos nus. Apesar de tudo, Lavinia Fontana perseverou e, durante sua vida, veio a se tornar um dos pintores mais importantes e mais bem pagos da Itália.

Na época de Lavinia, só as mulheres com artistas na família podiam receber educação artística formal. O pai de Lavinia era um mestre pintor e escolheu formar a filha em sua profissão. Mesmo sendo uma jovem, seu talento era tão aparente que o pai decidiu que ela assumiria seu estúdio. Na época em que Lavinia estudava, era considerado indecoroso uma mulher estudar desenhos da figura humana nua a partir de modelos reais. Em vez disso, aprendeu como desenhar a anatomia humana observando esculturas de nus.

Começou sua carreira pintando retratos de mulheres de classe alta em Bolonha. Essas mulheres, querendo exibir sua riqueza, usavam suas vestimentas mais caras para serem retratadas. Os quadros de Lavinia eram muito detalhados, e ela impressionava seus clientes ao captar todas as contas, todas as pérolas e todos os padrões e rendas intrincados em suas roupas. Como chefe de seu próprio estúdio, sua fama se espalhou pela Itália. Em 1603, o papa Clemente VIII convidou-a para ir a Roma, e ela se tornou pintora oficial da corte papal. Recebeu encomendas para pintar assuntos históricos e mitológicos importantes. Também é conhecida como a primeira mulher do mundo ocidental a criar obras publicamente encomendadas de nus! Lavinia era exatamente igual a seus colegas nas questões de temas e pagamento, provando que as mulheres eram capazes de pintar encomendas sérias e prestigiadas.

Lavinia pintou uma enorme quantidade de obras durante sua carreira e foi uma das artistas mais prolíficas em vida. Pensa-se que ela pintou mais de cem retratos, e pode haver ainda mais trabalhos seus que não lhe foram creditados. Morreu em 1614, deixando um legado que abriu caminho para outras artistas criarem obras em uma escala maior do que nunca!

SUA MAIOR OBRA FOI O MURAL DE 6 METROS DE ALTURA *O APEDREJAMENTO DE SANTO ESTÊVÃO*.

SEU MARIDO, O CONDE PAOLO ZAPPI, ERA SEU ASSISTENTE NO ESTÚDIO E AJUDAVA A ADMINISTRAR A CASA, PAPEL INCOMUM NA ÉPOCA.

EM 1611, UMA MEDALHA DE BRONZE FOI ESCULPIDA EM SUA HONRA.

"TODOS ESTÃO ENLUTADOS POR ELA. AS MULHERES, ESPECIALMENTE AQUELAS CUJOS RETRATOS ELA APRIMOROU, NÃO CONSEGUEM ENCONTRAR A PAZ. DE FATO, É UM ENORME INFORTÚNIO PERDER UMA GRANDE ARTISTA DE MANEIRA TÃO ESTRANHA." — OFICIAL DA CIDADE NA ÉPOCA DE SUA MORTE

ELISABETTA SIRANI
PINTORA E GRAVURISTA · (1638-1665)

FOI COMPARADA AO ARTISTA DA RENASCENÇA RAFAEL POR SEU TALENTO, SUA BELEZA E SUA BOA NATUREZA.

QUANDO CRIANÇA, APRENDEU SOBRE MITOLOGIA E COMO CANTAR, TOCAR HARPA E ESCREVER.

DURANTE SUA CARREIRA DE 10 ANOS, MANTEVE UMA LISTA DETALHADA DOCUMENTANDO TODAS AS SUAS OBRAS.

A vida de Elisabetta Sirani foi curta, mas suas realizações a tornaram lendária. Em apenas 10 anos, ela fez mais de 200 quadros e centenas de desenhos, todos no estilo muito detalhado e dramático do período barroco. Embora tenha morrido com apenas 27 anos, ela é considerada um dos maiores pintores italianos do século XVII.

Elisabetta nasceu em 1638 em Bolonha, Itália. Quando era apenas uma garotinha, já estava claro que tinha muito talento artístico. Seu pai, o pintor Giovanni Andrea Sirani, começou a ensiná-la, e rapidamente ela o superou em habilidade e rapidez. Aos 17 anos, criava quadros a óleo magistrais que eram vendidos por altos preços. Durante sua carreira, seus quadros chamaram a atenção de cardeais, da realeza, e até de um membro da famosa e rica família Médici (os mais poderosos patronos de arte da Europa!). O pai de Elisabetta a incentivava a criar obras ainda mais lucrativas em um ritmo ainda mais rápido e ficava com todo o dinheiro. Em 1654, ele ficou enfraquecido pela gota (que muitas vezes é causada por comidas gordurosas e sedentarismo), e, aos 19 anos, a filha assumiu seu estúdio. A venda de suas obras sustentava toda a família. Essa pressão para criar e ganhar dinheiro fez dela um dos pintores mais prolíficos de toda a Itália.

Como outros artistas barrocos da época, sua obra era repleta de cenas ricamente detalhadas extraídas da mitologia e da religião. Ela produziu tantos quadros — de retratos a grandes cenas — em um período tão curto que alguns críticos não acreditavam que pudesse ser autora de todos eles. As pessoas começaram a espalhar rumores de que homens estavam pintando os quadros para ela. Em 1664, Elisabetta acabou com os boatos quando convidou os difamadores a observá-la pintando. Eles ficaram surpresos e impressionados quando viram a rapidez com que ela transformava uma tela em branco em um quadro terminado.

Elisabetta fundou uma das primeiras escolas da Europa especificamente para as artistas. Era um dos únicos lugares, fora dos conventos religiosos, em que as mulheres podiam aprender com pintoras mestras. Aos 27 anos, Elisabetta morreu tragicamente de uma úlcera no estômago. Era tão amada na Europa que sua procissão funerária foi um festival de músicos, poetas e artistas honrando sua memória. Muitas de suas alunas tornaram-se também grandes pintoras. Seu trabalho ainda pode ser visto em importantes museus internacionais.

PARA SEU FUNERAL, UM ARTISTA PROJETOU UMA ESTÁTUA EM TAMANHO NATURAL DE ELISABETTA EM SEU CAVALETE.

SEU QUADRO A VIRGEM E O MENINO FOI SELECIONADO PARA UM SELO POSTAL DOS EUA EM 1994.

CHIAROSCURO ("CLARO-ESCURO" EM ITALIANO) É UM TERMO DE ARTE PARA UM ESTILO DE PINTURA BARROCA EM QUE O TEMA É INTENSAMENTE ILUMINADO COM FORTE CONTRASTE CONTRA UM FUNDO ESCURO.

ÉLISABETH-LOUISE VIGÉE-LE BRUN
PINTORA · (1755-1842)

Élisabeth-Louise Vigée-Le Brun era famosa tanto por seu charme quanto por seus quadros, e ambos a ajudaram a encontrar seu lugar no Palácio de Versalhes, da realeza francesa. Os retratos de Élisabeth em estilo rococó mostravam o esplendor quase fantasioso da opulenta corte francesa do século XVIII.

Nascida em Paris, em 1755, desde criança Élisabeth pintava qualquer superfície disponível, inclusive as paredes. Seu pai, artista talentoso com pastéis, ensinou-lhe como pintar. Infelizmente, ele morreu quando Élisabeth tinha apenas 12 anos. Felizmente, já tinha lhe ensinado as habilidades necessárias para se tornar uma profissional. Ela começou a pintar sob encomenda aos 15 anos e, aos 19, tornou-se um membro da Académie de Saint-Luc. Em 1774, casou-se com o comerciante de arte Jean-Baptiste Pierre Le Brun. Ela fazia exposições em salões e hotéis e até transformou sua casa em um espaço de exposições. Logo estava pintando a nobreza de Paris.

Aos 24 anos, pintou a rainha Maria Antonieta pela primeira vez. Tornou-se a pintora favorita da rainha e sua amiga. Élisabeth logo passou a ser um dos pintores mais procurados entre os membros da corte, e seu trabalho criava tendências de moda por toda a Europa. Seus quadros a óleo eram como as revistas de moda atuais, mostrando as pessoas estilosas, ricas e famosas. Em 1783, tornou-se uma das poucas mulheres na prestigiosa Academia Real de Pintura e Escultura.

Embora o Palácio de Versalhes estivesse cheio de móveis de ouro e de quadros a óleo cobrindo todas as paredes, a maioria da população da França estava faminta. A Revolução Francesa estava se formando e logo colocaria um fim violento a qualquer pessoa associada com a aristocracia. Temendo pela vida, Élisabeth e o filho fugiram para a Itália em 1789. Em setembro de 1792, a monarquia foi derrubada, e a rainha Maria Antonieta, o rei Luís XVI e muitos membros da corte foram executados. Élisabeth não voltaria à França nos 12 anos seguintes. Com seu carisma e seu talento, foi uma das poucas pessoas da corte que sobreviveram e floresceram depois da revolução. Ela pintou a realeza e a nobreza por toda a Europa e retornou à França em 1802, quando sua segurança estava garantida. Morreu aos 86 anos, em Paris, como um dos mais ricos e respeitados pintores de sua época. Seu trabalho captou um momento único na história, e, hoje, ainda podemos ver seus retratos nos principais museus de todo o mundo.

FOI MEMBRO HONORÁRIO DE CINCO ACADEMIAS EUROPEIAS.

MARIA ANTONIETA EM UM VESTIDO CHEMISE (1783).

PINTOU MARIA ANTONIETA USANDO ROUPAS COMUNS, O QUE ESCANDALIZOU A CORTE DE VERSALHES.

PUBLICOU SUAS PRÓPRIAS MEMÓRIAS, SOUVENIRS, EM 1835.

ABRIU UM SALON (GALERIA DE ARTE) NA FRANÇA DEPOIS DE VOLTAR DO EXÍLIO.

EM 1787, PINTOU UM AUTORRETRATO COM UM SORRISO FELIZ (COM DENTES!) QUE CAUSOU CONTROVÉRSIA PORQUE UM SORRISO MOSTRANDO OS DENTES ERA CONTRÁRIO ÀS REGRAS DE ETIQUETA DA ÉPOCA.

JULIA MARGARET CAMERON
FOTÓGRAFA · (1815-1879)

EM 1800, THOMAS WEDGWOOD FOI A PRIMEIRA PESSOA A TENTAR CAPTURAR IMAGENS EM UMA CÂMERA COM MATERIAL SENSÍVEL À LUZ.

EM 1822, JOSEPH NICÉPHORE NIÉPCE INVENTOU A HELIOGRAFIA, O PRIMEIRO PROCESSO FOTOGRÁFICO PERMANENTE CONHECIDO.

TRANSFORMOU UM GALINHEIRO EM SEU ESTÚDIO FOTOGRÁFICO.

EM 1864, FOTOGRAFOU UM AMIGO DA FAMÍLIA E ACIDENTALMENTE USOU UM "FOCO SUAVE" PARA CRIAR O QUE CONSIDEROU SEU "PRIMEIRO SUCESSO".

CERTA VEZ, JULIA FEZ SUA FAMÍLIA VESTIR-SE DE ANJOS E POSAR COM CISNES DE PELÚCIA.

Julia Margaret Cameron nasceu em 1815, em Calcutá, durante a colonização britânica da Índia. Em 1848, foi para a Inglaterra com o marido e seis filhos. Sua vida mudaria aos 48 anos, quando recebeu um presente especial: um dos filhos lhe deu uma câmera de madeira. Assim que olhou pela lente, Julia se sentiu inspirada. Em 1863, começou sua prestigiosa carreira em fotografia de retratos e mudaria para sempre essa forma de arte.

A fotografia era uma nova tecnologia, e, para criar uma imagem nítida, a pessoa na foto tinha de ficar totalmente parada por um longo tempo. Isso produzia retratos muito duros e formais. A filosofia da fotografia era mais uma ciência que uma arte, e os fotógrafos se esforçavam por conseguir a imagem mais detalhada que "preservasse a vida".

Julia fazia as coisas de outro modo. Permitia que seus retratados se movessem, acolhendo acidentes felizes e borrões expressivos. Queria captar as emoções das pessoas, o que tornava suas imagens vivas e oníricas. Suas técnicas não ortodoxas tornavam a revelação do caráter interno de alguém uma prioridade sobre a criação de uma imagem nítida. Julia quebrou todas as regras, embora os historiadores tenham debatido se fez isso conscientemente ou não. Ela queria que suas fotos contassem uma história e, ao fazer isso ampliou os limites da fotografia como forma de arte expressiva.

Como uma mulher de classe alta, Julia conhecia literatura, história e mitologia. Usava suas fotografias para contar suas histórias preferidas, vestindo seus modelos com roupas da época shakespeariana, coroas medievais e vestimentas bíblicas e colocando-os em poses dramáticas.

Muitos fotógrafos criticaram seu trabalho como não profissional, mas era elogiada pelos pintores, que a consideravam um deles. Com entusiasmo e criatividade ilimitada, fotografou artistas e cientistas famosos, entre eles Charles Darwin, Alfred, Lord Tennyson e John Herschel. Fotografou sua família, sua equipe e era famosa por seguir estranhos na rua até que posassem para sua câmera.

Durante 11 anos, Julia criou um enorme conjunto de obras com mais de 1.200 fotos. Atualmente, seu trabalho é exposto em grandes museus de todo o mundo, e ela é lembrada como uma mulher que ajudou a estabelecer uma nova forma de arte.

ROSA BONHEUR
PINTORA · (1822-1899)

No século XIX, havia "regras" estritas que policiavam a expressão de gênero, e esperava-se que as mulheres agissem "como uma dama" e fossem "delicadas". Mas Rosa Bonheur quebrou todas as regras. Foi a maior entre os pintores de animais de sua época e nunca seria vista usando um espartilho nem cavalgando de lado. Em vez disso, sujava as mãos ao esboçar os animais bem de perto e era famosa por suas roupas e seu estilo de pintura "masculinos". Não se incomodava com o que os outros pensavam: nunca deixou de ser fiel a si mesma.

Nasceu em uma família de artistas franceses em 1822, e seus pais apoiaram seus estudos e suas aspirações de pintar. Os animais selvagens a inspiravam enquanto ela brincava no campo. Quando sua família se mudou para Paris em 1828, Rosa estudava e fazia esboços nos famosos museus da cidade.

Seus quadros buscavam representar animais com precisão em seu ambiente natural. Para garantir que seus quadros fossem anatomicamente corretos, muitas vezes ela fazia estudos de esboços em fazendas, onde podia se aproximar dos animais. Suas observações cuidadosas valeram a pena, e realizou a primeira de suas muitas exibições no Salão de Paris em 1841.

Em 1852, começou a pintar sua obra-prima *A feira de cavalos*, que finalmente concluiu em 1855. Com 2,5 m de altura e mais de 5 m de largura, é possível sentir a energia, o movimento e a força dos cavalos na tela. Esse quadro foi exibido pela primeira vez no Salão de Paris em 1853 e transformou Rosa em uma sensação em todo o mundo. Litografias (um método de impressão) reproduziam *A feira de cavalos* e permitiam que as pessoas de toda a Europa e dos Estados Unidos apreciassem seu trabalho. O imperador Napoleão III e a rainha Vitória pediram para ver o quadro original. Rosa se tornou tão famosa que até foram escritas canções sobre ela.

Durante sua vida, Rosa foi abertamente lésbica e não escondeu que amava a artista Nathalie Micas, que foi sua companheira por mais de 40 anos. Depois da morte de Nathalie, em 1889, Rosa se apaixonou por outra parceira, Anna Elizabeth Klumpke. Quando Rosa morreu, em 1899, deixou seu patrimônio e sua fortuna para Anna.

Apesar do preconceito e da violência enfrentados pelos gays, o puro talento de Rosa obrigou o mundo a aceitá-la e, ao fazer isso, abriu o caminho para artistas mulheres e gays. Rosa viveu de modo autêntico, galopando a toda a velocidade ou apenas amando plenamente.

NA PARIS DO SÉCULO XIX, MULHERES DE CALÇAS ERAM UM ESCÂNDALO.

A CADA SEIS MESES, ROSA TINHA DE RENOVAR UMA PERMISSÃO DO GOVERNO PARA USAR CALÇAS EM PÚBLICO.

O *SHOWMAN* ESTADUNIDENSE "BUFFALO BILL" ERA TÃO FÃ DE ROSA QUE LHE DEU DOIS CAVALOS.

EM CASA, O "CHÂTEAU DE BY", ELA TINHA ANIMAIS DE FAZENDA, GAZELAS, IAQUES, CAVALOS ISLANDESES E LEÕES!

QUANDO CRIANÇA, ELA FREQUENTAVA UMA ESCOLA DE MENINOS COM SEUS IRMÃOS.

QUANDO CRIANÇA, TINHA DIFICULDADE DE LEITURA E APRENDEU O ALFABETO DESENHANDO ANIMAIS PARA CADA LETRA.

HARRIET POWERS
COLCHOEIRA (1837–1910)

VENDEU SUA PRIMEIRA COLCHA AOS 53 ANOS.

SUAS COLCHAS MOSTRAM INFLUÊNCIAS DE DESIGNS DO OESTE DA ÁFRICA.

A BIBLE QUILT DE HARRIET FOI COSTURADA À MÃO E TAMBÉM À MÁQUINA.

Em 1837, Harriet Powers nasceu na escravidão perto de Athens, Geórgia. Além das muitas práticas brutais da escravidão, era contra a lei ensinar os escravos a ler. Mas Harriet, como muitas mulheres antes dela, usava seu talento artístico para criar colchas que contavam histórias e ajudavam a compartilhar uma tradição oral. Suas colchas retratavam lendas importantes, histórias bíblicas e eventos astronômicos. Depois da Guerra Civil estadunidense, em 1865, a 13ª Emenda à Constituição dos EUA tornou a escravidão ilegal. Aos 28 anos, Harriet Powers finalmente foi libertada, e ela e sua família conseguiram alguma terra e um lar.

Em 1866, exibiu sua agora famosa *Bible Quilt* na Feira do Algodão em Athens, Geórgia. A colcha chamou a atenção da professora de arte Jennie Smith, uma mulher branca, que se ofereceu para comprá-la na hora por US$ 10 (que seriam mais de US$ 240 hoje). Harriet não conseguia se separar de sua preciosa colcha e se recusou a vendê-la.

Em 1865 e 1866, os *Black Codes* entraram em vigor no Sul para tirar direitos dos escravos recém-libertos e garantir que as plantações continuassem a ter mão de obra quase gratuita. O Sul tinha dificuldades econômicas depois da guerra. Foram tempos difíceis para Harriet e sua família, e eles tiveram de vender partes de sua terra. Quatro anos depois da Feira do Algodão na Geórgia, e depois de conversar com a família, Harriet decidiu vender sua preciosa *Bible Quilt*. Vendeu-a para Jennie Smith por US$ 5, mas fez questão de que Jennie escrevesse uma descrição da história contada em cada quadrado para que o significado da colcha não se perdesse. Essa venda ajudou a família de Harriet a manter a casa.

Pouco se sabe sobre a carreira colchoeira de Harriet, mas há registros de que foi contratada para criar várias outras colchas. Ela morreu em 1910, aos 72 anos. Hoje, ainda há duas de suas colchas nas coleções de museus importantes. Harriet Powers não conseguiu riqueza nem fama com seu trabalho durante a vida, mas a beleza de suas colchas permitiu que elas durassem por mais de 130 anos. Seu trabalho compartilha um aspecto das vidas pessoais, esperanças, sonhos e força das pessoas que sobreviveram à escravidão e dá visibilidade à vida de afro-americanos no Sul durante a época da Reconstrução.

SUA *BIBLE QUILT* RETRATAVA CENAS COMO JONAS E A BALEIA, CAIM E ABEL, A ESCADA DE JACÓ E A ÚLTIMA CEIA.

MUITOS ACHAM QUE SUA *PICTORIAL QUILT* (1895–98) FOI ORIGINALMENTE ENCOMENDADA POR UM GRUPO DE ESPOSAS E FILHAS DE PROFESSORES DA UNIVERSIDADE DE ATLANTA.

MARY EDMONIA LEWIS
ESCULTORA · (1844-1907)

Mary Edmonia Lewis nasceu em 1844 em algum lugar no nordeste dos Estados Unidos. Seu pai era afro-americano e sua mãe pertencia a um grupo indígena norte-americano. Ela perdeu os pais quando era muito pequena e foi criada pela família da mãe. Havia poucas oportunidades educacionais para uma negra em meados do século XIX, mas felizmente Edmonia tinha um irmão que ajudou a pagar sua educação. Na época, a Oberlin College foi a primeira (e praticamente a única) escola de educação superior que admitia mulheres e afro-americanos. Edmonia matriculou-se lá aos 15 anos.

A Guerra Civil começaria dois anos depois de Edmonia iniciar a faculdade, e o fato de a escravidão ser ilegal no Norte não significava que a segregação, o racismo e a violência não existiam ali também. Na escola, Edmonia foi injustamente acusada de envenenar suas duas companheiras de quarto. Ela era inocente, mas o dano tinha sido feito, e uma multidão racista e raivosa a atacou. Para sua segurança, ela deixou a escola em 1863.

No ano seguinte, mudou-se para Boston para aprender a esculpir. Começou a criar bustos de argila dos abolicionistas e dos generais do exército da União. Seu trabalho era muito popular, e ela conseguiu vender reproduções. Com o dinheiro, viajou para Roma e se inspirou nas estátuas de mármore dos antigos mestres da Renascença. O movimento artístico neoclássico dos séculos XVIII e XIX captava o estilo e a técnica da escultura da Grécia e da Roma antigas.

Na Europa, Edmonia aprendeu a trabalhar em mármore com um grupo de escultoras. O trabalho dela era único. Diferentemente dos outros artistas neoclássicos, esculpia afro-americanos e indígenas norte-americanos. Em 1867, esculpiu *Forever Free*, que mostrava um homem e uma mulher negros quebrando as cadeias da escravidão — uma celebração da libertação afro-americana no final da Guerra Civil. Teve sucesso e se tornou internacionalmente famosa.

No clima mais tolerante da Itália, foi celebrada por suas declarações políticas orgulhosas como mulher negra. Para a Exposição Universal de 1876, na Filadélfia, criou sua obra-prima de mármore definitiva com 1.367 kg. Chamava-se *A morte de Cleópatra* e apresentava uma rainha negra desafiadora, que heroicamente se deixou morder por uma serpente.

Mary Edmonia Lewis morreu em 1907. Suas esculturas fizeram todo o mundo celebrar sua herança e ainda continuam a inspirar e a empoderar as pessoas.

ESCULPIU TEMAS DOS INDÍGENAS NORTE-AMERICANOS, COMO A ESTÁTUA OLD ARROW MAKER (1872).

A MORTE DE CLEÓPATRA (1876) FOI VENDIDA PARA UMA PISTA DE CORRIDAS E DEPOIS RESTAURADA NA DÉCADA DE 1990 E DOADO AO MUSEU SMITHSONIAN.

SINGULAR ENTRE OS ESCULTORES EM MÁRMORE, QUASE NUNCA USAVA ASSISTENTES E CINZELAVA ELA MESMA TODA A PEDRA.

CRIOU BUSTOS DE ABOLICIONISTAS COMO JOHN BROWN E ROBERT GOULD SHAW.

MARY CASSATT
PINTORA · (1844-1926)

AMERICANOS VIAJAVAM PARA PARIS SÓ PARA VISITAR SUA PROPRIEDADE, O "CHÂTEAU DE BEAUFRESNE".

AS XILOGRAVURAS DO ARTISTA JAPONÊS KITAGAWA UTAMARO INSPIRARAM-NA A COMEÇAR A TRABALHAR COM GRAVURAS.

ORGANIZOU EXPOSIÇÕES ARTÍSTICAS E EVENTOS BENEFICENTES PARA ANGARIAR FUNDOS PARA AS SUFRAGISTAS.

COMO ESTADUNIDENSE FAMOSA EM PARIS, APRESENTOU ARTISTAS PARISIENSES COMO DEGAS E MONET A GALERIAS DOS EUA.

VISITOU O EGITO E FOI ARREBATADA PELA BELEZA DAS ANTIGAS PINTURAS MURAIS, DECLARANDO-SE...

"ESMAGADA PELA FORÇA DESTA ARTE."

No final do século XIX, as mulheres de classe alta da Europa e dos Estados Unidos começaram a ampliar os limites das expectativas da sociedade. A "nova mulher" casava-se por opção, era instruída e independente e buscava suas próprias paixões. Na mesma época, um novo movimento artístico rebelde chamado impressionismo começava em Paris. Embora o mundo artístico fosse tradicionalmente muito rígido e valorizasse o realismo acima de tudo, os impressionistas captavam momentos fugidios com pinceladas enevoadas e foco em cor, movimento e luz. Mary Cassatt estava entre esses dois movimentos.

Mary nasceu perto de Pittsburgh em 1844. Os Cassatt visitavam a Europa para garantir que seus filhos crescessem com cultura, mas as viagens educacionais funcionaram um pouco bem demais. A jovem Mary se apaixonou pelo mundo artístico de Paris. Contra o desejo dos pais, inscreveu-se na Academia de Belas-Artes da Pensilvânia aos 15 anos. Em 1866, mudou-se para Paris para continuar seus estudos de arte. Ela amava Paris, mas a Guerra Franco-Prussiana a obrigou a retornar aos Estados Unidos. Em 1871, voltou a viajar pela Europa e, em 1874, mudou-se oficialmente para Paris. Por muito tempo, seus quadros causaram sensação no Salão de Paris, mas em 1877, pela primeira vez em sete anos, seu trabalho foi recusado. O Salão disse que suas pinceladas eram soltas e coloridas demais, mas seu trabalho impressionou o pintor Edgar Degas. Ele a convidou para se unir a uma exposição de arte, e Mary se tornou parte de seu grupo vanguardista francês chamado de impressionistas.

Nos anos 1890, afastou-se profissionalmente de Degas. Estava cansada de seu machismo e dos comentários sexistas sobre seus quadros. Começou a criar retratos de mulheres modernas em seu cotidiano. Enquanto muitos de seus colegas pintavam as mulheres como objetos do desejo masculino, Mary mostrava as mulheres em seu próprio domínio, livres do olhar dos homens. Captava o mundo íntimo das mães e seus filhos, como visto em quadros como *O banho da criança* (1893). Esse se tornou seu conjunto de obras mais conhecido.

Mary passou a vida viajando pelo mundo, pintando e sendo mentora de jovens artistas. Em 1914, perdeu a visão e foi obrigada a parar de trabalhar. Morreu em 1926 e é lembrada como um dos grandes artistas que definiram o final do século XIX.

NAMPEYO
CERAMISTA · (1859–1942)

Nampeyo foi a primeira ceramista indígena norte-americana conhecida internacionalmente e deu início sozinha ao renascimento dessa forma de arte. Nasceu em 1859 e cresceu nas terras ancestrais dos hopi no Arizona. Nessa época, a técnica tradicional de cerâmica hopi estava perdida. Os potes feitos eram finos demais e rachavam. Nampeyo encontrou fragmentos das antigas cerâmicas hopi, feitas 300 anos antes de ela nascer, com desenhos geométricos e intrincados e, mais importante, com argila lisa e forte. Ela estudou esses fragmentos e descobriu como conseguir essa argila e recriar os desenhos. O resultado era uma cerâmica tão bela como a de seus ancestrais. Nampeyo começou a ensinar seus métodos aos outros, e surgiu o movimento do renascimento da cerâmica hopi.

Nampeyo também usava técnicas naturais tradicionais de tingimento para pintar suas cerâmicas com cores – *Sikyátki* significa "casa amarela" em hopi e se refere a esse estilo de cerâmica multicolorida. Muitos dos desenhos geométricos nas cerâmicas de Nampeyo representam histórias significativas da herança e da história dos hopi. Por exemplo, um desenho abstrato geométrico de asas de pássaros referencia a migração e o movimento do povo hopi para sua terra. Conforme a técnica de Nampeyo melhorava, ela começou a criar seus próprios desenhos e padrões únicos.

A Ferrovia Santa Fé expandiu-se para o sudoeste mais ou menos na mesma época em que Nampeyo fazia cerâmica. Os turistas paravam nos postos de comércio e compravam objetos artísticos e artesanais indígenas o que era uma ótima fonte de renda para muitas comunidades indígenas norte-americanas. Aos 20 anos, Nampeyo era uma ceramista conhecida, e sua notoriedade aumentou conforme ela viajava pelo país demonstrando sua arte. Muitas mulheres indígenas estavam criando trabalhos artísticos durante esse período, mas Nampeyo era a mais visível e seu nome agregava valor extra a curadores e colecionadores. Artistas como Nampeyo e a expansão do transporte no sudoeste ajudaram a desencadear um novo interesse pelo artesanato indígena em toda a América e a Europa.

Na velhice, Nampeyo começou a perder a visão, mas continuou a trabalhar. Toda a família a ajudava a pintar as cerâmicas. Em 1942, faleceu aos 83 anos, e seus netos e seus bisnetos continuaram sua dinastia cerâmica.

É DESCENDENTE DOS POVOS TEWA E HOPI: AMBOS INFLUENCIARAM SUA CERÂMICA.

SEU NOME TEWA SIGNIFICA "SERPENTE QUE NÃO MORDE".

DEU AULAS NA HOPI HOUSE NO GRAND CANYON.

FOI A CERAMISTA MAIS FOTOGRAFADA DO SUDOESTE NA DÉCADA DE 1870, DESDE QUE WILLIAM HENRY JACKSON A FOTOGRAFOU EM 1875.

SEU MARIDO TRABALHAVA EM ESCAVAÇÕES, ONDE ELA PODE TER ENCONTRADO A ANTIGA CERÂMICA HOPI QUE A INSPIROU.

BEATRIX POTTER
AUTORA E ILUSTRADORA · (1866-1943)

CRIOU E VENDEU UM BONECO DO PEDRO COELHO EM 1903.

CRIAVA OVELHAS EM SUA FAZENDA E, EM 1942, TORNOU-SE PRESIDENTE DA ASSOCIAÇÃO DE CRIADORES DE OVELHAS HERDWICK.

AO MORRER, DEIXOU 16 EMPRESAS E 1.600 HECTARES PARA O NATIONAL TRUST DO REINO UNIDO.

CRIOU MUITOS OUTROS PERSONAGENS FAMOSOS, COMO SRA. TITTLEMOUSE E JEMIMA PUDDLE-DUCK.

TAMBÉM ERA UMA NATURALISTA QUE ESTUDOU E DESENHOU COGUMELOS E FUNGOS.

Beatrix Potter nasceu em Londres em 1866. Sua família era muito rica, e ela foi criada por uma governanta e estudou em colégio interno. Como uma menina na Inglaterra vitoriana, sua infância foi rígida e solitária. Ela amava a natureza e enchia seus diários com desenhos de suas viagens ao Lake District e dos animais da escola. Ela e os irmãos até levavam para casa pequenos animais escondidos em sacos de papel.

Em 1890, Beatrix começou a ganhar algum dinheiro fazendo ilustrações para cartões de comemorações. Também continuou a se corresponder com sua governanta da infância, Annie Moore. Nas cartas, ela desenhava um coelhinho usando roupas para os filhos de Annie. Sete anos depois, essa ideia se transformou em seu primeiro livro.

Em 1900, Beatrix escreveu, ilustrou e encadernou à mão seu primeiro livro, *A história de Pedro Coelho*. Ele estava repleto de sua sagacidade aguçada e seus desenhos atraentes. Depois de ser rejeitada por muitas editoras, ela mesma publicou a primeira edição em 1901. Logo, a editora Frederick Warne & Co. percebeu o potencial de *Pedro Coelho* e o publicou oficialmente em 1902. Um ano depois, eles tinham imprimido seis edições para atender à demanda. Beatrix foi um grande sucesso! Continuou a criar muitas histórias e a desenhar pequenos animais com grandes personalidades, como *A história do esquilo Nutkin* e *A história do coelho Benjamin*.

Beatrix se apaixonou por seu editor, Norman Warne. Seus pais a proibiram de se casar com ele, dizendo que um comerciante estava abaixo de sua classe social. Mas Beatrix os desafiou, e ela e Norman ficaram noivos em 1905. Um mês depois, ele morreu de uma doença sanguínea. Com o coração partido, Beatrix decidiu sair de Londres e ir para o campo, para levar a vida de fazenda com que sempre tinha sonhado. Continuou a publicar histórias inspiradas no campo. Amava a natureza e, com os *royalties* de seu livro, comprou ainda mais terras. Começou a trabalhar com o advogado William Heelis. Os dois se apaixonaram e se casaram em 1913. Juntos cuidaram das várias fazendas dela e administraram seu enorme patrimônio.

Beatrix publicou seu último livro importante, *O conto do porquinho Robinson*, em 1930. Durante sua prolífica carreira, escreveu mais de 28 livros. Suas histórias e suas ilustrações continuam a ser clássicos da hora de dormir e deliciam crianças de todo o mundo.

ELEMENTOS E PRINCÍPIOS DE ARTE E DESIGN

Arte é uma linguagem visual que algumas vezes pode transcender as palavras. Mas, com o vocabulário certo, você pode avaliar e expressar adequadamente suas ideias sobre arte. Abaixo estão alguns termos e princípios de design que ilustram a anatomia da arte e do design!

LINHA

FORMA

TEXTURA

ESPAÇO

ESTAMPA

CONTRASTE

ÊNFASE

EQUILÍBRIO

RITMO/MOVIMENTO

HARMONIA
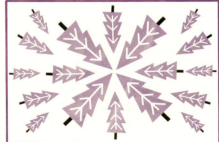

PROPORÇÃO/ESCALA

COR E VALOR

PRIMÁRIA – FEITA DE UMA COR

SECUNDÁRIA – MISTURA DE DUAS CORES PRIMÁRIAS

CÍRCULO DE CORES

CORES QUENTES

AMARELO
PRIMÁRIA

AMARELO-LARANJA
TERCIÁRIA

LARANJA
SECUNDÁRIA

VERMELHO-LARANJA
TERCIÁRIA

VERMELHO
PRIMÁRIA

VERMELHO-ROXO
TERCIÁRIA

ROXO
SECUNDÁRIA

AZUL-ROXO
TERCIÁRIA

AZUL
PRIMÁRIA

AZUL-VERDE
TERCIÁRIA

VERDE
SECUNDÁRIA

AMARELO-VERDE
TERCIÁRIA

CORES FRIAS

TERCIÁRIA – MISTURA DE CORES PRIMÁRIAS E SECUNDÁRIAS

DUAS CORES COMPLEMENTARES SE MISTURAM PARA FAZER O MARROM

– CMYK –

MISTURA DE COR COM PIGMENTOS

AMARELO
PRETO
VERMELHO
VERDE
MAGENTA
AZUL
CIANO

– RGB –

MISTURA DE COR COM LUZ

AZUL
BRANCO
MAGENTA
CIANO
VERMELHO
AMARELO
VERDE

– VALOR –

CINZA   PRETO   BRANCO

TOM VERDADEIRO

ESQUEMAS DE COR

ANÁLOGO

COMPLEMENTAR

COMPLEMENTAR DIVIDIDO

DUPLO COMPLEMENTAR DIVIDIDO

PRIMÁRIO

SECUNDÁRIO

TRÍADE

MONOCROMÁTICO

JEANNE PAQUIN
ESTILISTA · (1869-1936)

EM 1911, NA FEIRA MUNDIAL DE TURIM, DECOROU O PAVILHÃO DA PAQUIN PARA QUE SE PARECESSE COM UM TEMPLO GREGO.

EM 1913, CRIOU UM VESTIDO CONSIDERADO A PRIMEIRA ROUPA "DO DIA PARA A NOITE".

HAUTE COUTURE SIGNIFICA "ALTA-COSTURA" E DESCREVE ROUPAS ÚNICAS, EXCLUSIVAS, FEITAS À MÃO E DE ALTA QUALIDADE.

Por muito tempo, os estilistas homens dominaram o mundo da moda ocidental, mas isso mudou no final do século XIX com a ascensão das mulheres pioneiras da moda como Jeanne Paquin. Ao contrário de seus colegas, Jeanne respondeu às necessidades funcionais cotidianas da mulher moderna, o que a levou a construir um império da moda.

Jeanne nasceu na França em 1869. Aos 15 anos, começou a trabalhar como costureira. Graças a suas habilidades em costura e design, rapidamente tornou-se a *première*, ou gerente, do estúdio. Mas Jeanne queria criar roupas para seu próprio estúdio de moda. Em 1891, casou-se com Isidore-René Jacob. Juntos começaram a House of Paquin: ele cuidava dos negócios, e ela era a estilista-chefe. Em 1896, Paquin abriu sua primeira loja em Londres e, em 1900, tornou-se presidente da seção de moda da Exibição Universal de Paris. A House of Paquin foi uma sensação.

Em 1907, em um golpe do destino, Isidore morreu, e Jeanne ficou viúva aos 38 anos. Apesar do luto, mergulhou no trabalho, continuando a cuidar do estúdio de moda e a se desenvolver como artista. Ela foi um dos primeiros estilistas a colaborar com arquitetos, ilustradores, pintores e profissionais de teatro. Criou desfiles de moda elaborados com conjuntos completos, incluindo perucas coloridas. Seus desfiles únicos estavam sempre lotados apesar do alto preço dos ingressos, de US$ 5 (equivalentes a mais de US$ 120 hoje).

Jeanne foi um dos primeiros estilistas europeus a se concentrar na funcionalidade da moda feminina, priorizando conforto e mobilidade nas roupas. Queria que as mulheres que usavam suas roupas fossem tranquilamente de um evento esportivo para uma festa elegante, sem ser incomodadas nem se sentir envergonhadas por seus trajes. Em 1912, lançou sua própria linha de roupas esportivas para mulheres, criando vestidos para golfe, automobilismo e até para dançar tango! Eram roupas novas e revolucionárias para a mulher moderna.

Em 1920, Jeanne se aposentou, mas seu estúdio de moda continuou a funcionar até 1956. Sua engenhosidade transformou-a em um dos mais importantes e poderosos estilistas do início do século XX, e suas belas vestimentas inspiraram outros estilistas a unir função e estilo.

NO AUGE DA HOUSE OF PAQUIN, JEANNE ADMINISTRAVA MAIS DE 2.700 FUNCIONÁRIOS E TINHA LOJAS EM LONDRES, NOVA YORK, MADRI E BUENOS AIRES.

COLOCOU O PRETO NA MODA AO USAR DIFERENTES MATERIAIS E TECIDOS PRETOS DE MODOS NOVOS E BONITOS.

JULIA MORGAN
ARQUITETA · (1872-1957)

TRABALHOU NO HEARST CASTLE POR 28 ANOS E ENVOLVEU-SE EM TODOS OS DETALHES, DESDE A ESCOLHA DE ANIMAIS PARA O ZOOLÓGICO ATÉ O DESIGN DA PISCINA E A COMPRA E A INSTALAÇÃO DE OBRAS DE ARTE E ANTIGUIDADES NA CASA.

TRABALHOU EM MUITOS ESTILOS ARQUITETÔNICOS, INCLUINDO ARTES E OFÍCIOS, COLONIAL ESPANHOL, TUDOR E GEORGIANO, DEPENDENDO DO QUE FAZIA SENTIDO PARA UM LOCAL ESPECÍFICO.

Julia Morgan nasceu em São Francisco em 1872. Interessou-se por arquitetura enquanto estudava na Universidade da Califórnia em Berkeley. Depois de se formar como engenheira civil, viajou para Paris em 1896. Queria estudar arquitetura na Escola Nacional Superior de Belas-Artes, mas não pôde se matricular porque a escola não aceitava mulheres. Isso não era incomum na época. A maioria das universidades, clubes e espaços de reuniões era apenas para homens. Um grupo de mulheres artistas parisienses protestou contra as universidades sexistas, e esse protesto obrigou a escola a permitir a inscrição de mulheres em 1897. Enquanto isso, Julia estudava para os difíceis exames de admissão da Escola. Depois de fazer o exame três vezes, finalmente se tornou a primeira mulher a ser admitida no curso de arquitetura. Em 1902, completou os estudos e recebeu seu diploma (duas vezes mais depressa que um estudante médio).

As notícias de sua conquista chegaram aos Estados Unidos, e ela foi contratada pelo arquiteto John Galen Howard semanas depois de voltar à Califórnia. Enquanto trabalhava para John, projetou vários edifícios no *campus* da UC Berkeley, entre eles o Teatro Grego Hearst. Em 1904, tornou-se a primeira mulher a se licenciar como arquiteta na Califórnia e abriu seu próprio escritório em São Francisco. Durante sua carreira, projetou mais de 700 edifícios. Seu cliente mais importante era a rica família Hearst. Eles encomendaram muitos dos principais edifícios de Julia, como o Hearst Castle.

Durante os primeiros anos da carreira de Julia, as mulheres ao redor dos EUA estavam lutando pelo direito ao voto. Julia projetou cem edifícios pensando nas mulheres, como clubes sociais e cívicos, escolas femininas, moradias para solteiras, além de escolas fundamentais e orfanatos. Muitas vezes, ela aceitava encomendas mais baratas ou até doava seu trabalho para esses importantes projetos femininos. Em 1920, as mulheres conquistaram o direito ao voto nos EUA, mas ainda precisavam de espaços para se reunir e se organizar. Ao construir espaços para mulheres, Julia estava lutando diretamente por uma nova era progressista. Em 1950, aposentou-se. Morreu sete anos depois. Muitos de seus edifícios ainda são usados e são considerados tesouros arquitetônicos.

PROJETOU MUITOS EDIFÍCIOS DA ACM ENTRE 1913 E 1930.

AJUDOU A RECONSTRUIR E A RESTAURAR MUITOS EDIFÍCIOS DEPOIS DO TERREMOTO DE SÃO FRANCISCO DE 1906.

ENQUANTO ESTAVA EM BERKELEY, AJUDOU A INICIAR UMA SEÇÃO DA ACM, PATROCINOU VÁRIOS TIMES ESPORTIVOS FEMININOS E FOI MEMBRO DA SORORIDADE KAPPA ALPHA THETA.

TARSILA DO AMARAL
PINTORA · (1886–1973)

ABAPORU (1928)

ABAPORU SIGNIFICA "HOMEM COME" EM TUPI-GUARANI, QUE É UM DOS IDIOMAS INDÍGENAS DO BRASIL.

REJEITOU AS CORES APAGADAS DA ARTE OCIDENTAL DA ÉPOCA E SE INSPIROU NAS CORES BRILHANTES DAS PAISAGENS E DOS EDIFÍCIOS PINTADOS DO BRASIL.

É TÃO FAMOSA NO BRASIL QUE É CONHECIDA APENAS POR SEU PRIMEIRO NOME.

A CUCA (1924)

FOI MUITO INFLUENCIADA PELA ARTE INDÍGENA BRASILEIRA.

A CRATERA AMARAL, EM MERCÚRIO, FOI NOMEADA EM SUA HOMENAGEM.

Tarsila do Amaral é a mãe da arte moderna no Brasil. Tarsila nasceu em 1886 em São Paulo, Brasil. Sua família era muito rica, o que lhe permitiu viajar à Europa para estudar arte na Academia Julian, em Paris, em 1920. Retornou a Paris em 1923 para continuar seus estudos com os pintores de vanguarda André Lhote, Albert Gleizes e Fernand Léger. Tarsila aprendeu sobre arte moderna europeia, cubismo e outros estilos de vanguarda – todos a entediaram. Comparou a pintura nesses estilos com o "serviço militar". Até mesmo os pintores modernos radicais na Europa tinham regras estritas sobre o que era uma pintura "adequada". Tarsila absorveu tudo que o mundo europeu da pintura tinha a lhe oferecer, mas, quando retornou a São Paulo, transformou o que tinha aprendido em um estilo de pintura totalmente novo.

No Brasil, os animais, a paisagem, as pessoas e a arte folclórica a inspiraram. Ela começou a misturar as cores e as imagens de sua terra natal com seu treinamento formal em Paris e criou um movimento de arte chamado antropofagia, que significa "canibalismo". Tarsila acreditava que os artistas brasileiros deviam absorver, "ingerir" e aprender com a arte europeia, com a intenção de decompô-la, "digeri-la" e transformá-la em algo novo. Ao fazer isso, criou um estilo de arte moderna unicamente brasileiro. Em 1928, criou *Abaporu*, um quadro que definiria o movimento artístico antropofágico. Em *Abaporu*, seguiu o foco europeu de uma mulher nua tomando banho, mas abstraiu o corpo para que se parecesse com a paisagem e as montanhas brasileiras.

Tarsila teve muito sucesso em São Paulo e em Paris durante a década de 1920. Sua arte mudava conforme a paisagem política e econômica do Brasil mudava. Durante a Grande Depressão, ela perdeu sua riqueza pessoal, e logo depois uma ditadura dominou o Brasil. Tarsila continuou trabalhando e seus quadros transformaram-se em declarações políticas sombrias.

Morreu em 1973, com 86 anos. O enorme conjunto de sua obra consiste em mais de 230 quadros e centenas de desenhos, gravuras e murais, tudo em seu estilo brasileiro único. Ela é a artista que define seu país.

GEORGIA O'KEEFFE
PINTORA · (1887-1986)

TRANSFORMOU SEU FORD MODELO A EM UM ESTÚDIO MÓVEL EXTERNO.

COMEÇOU A ESCULPIR QUANDO PERDEU A VISÃO NA VELHICE.

MUITAS DE SUAS SÉRIES DE QUADROS COMEÇARAM COMO UM QUADRO REALISTA QUE SE TORNOU CADA VEZ MAIS ABSTRATO A CADA TELA.

Georgia O'Keeffe nasceu em uma fazenda em Wisconsin, em 1887. Aos 10 anos, já sabia que queria se tornar uma artista. Começou a aprendizagem formal em arte em 1905, na Escola do Instituto de Arte de Chicago, e, depois, se transferiu para a Art Students League de Nova York. Em 1915, começou a criar desenhos abstratos rítmicos a carvão inspirados na natureza. A abstração ainda era vista como radical na Europa, e ela foi um dos poucos artistas a testá-la nos Estados Unidos. Georgia encontrou sua voz como artista.

Um dos amigos de Georgia em Nova York mostrou esses desenhos abstratos ao famoso fotógrafo Alfred Stieglitz, e ele ficou muito impressionado. Em 1917, Georgia fez sua primeira exposição solo na galeria de Alfred, em Nova York. Alfred e Georgia se apaixonaram e se casaram em 1924. Georgia ficou famosa por seus grandes quadros com *closes* de flores. Quando olhava uma flor de perto, ela via uma paisagem colorida, todo um mundo, e queria compartilhar essa beleza em seus quadros. Os críticos, no entanto, só queriam falar sobre seu envolvimento romântico com Alfred Stieglitz e diziam que suas flores pareciam com a anatomia feminina. Georgia ficou arrasada por seus quadros serem incompreendidos.

Em 1929, começou a fazer viagens para o Novo México. Inspirada pela bela paisagem do sudoeste e, em parte, para se afastar das críticas a suas flores, pintou montanhas, ossos de animais e o deserto. Gostava de trabalhar ao ar livre, muitas vezes pintando durante tempestades ou em temperaturas muito altas. Sua abordagem pioneira de abstrair a natureza em estudos de cor continuou a ser um grande sucesso.

Três anos depois da morte de Alfred em 1946, mudou-se para Santa Fé para morar e trabalhar em período integral em sua casa, o "Ghost Ranch". Viajou pelo mundo vendendo e expondo suas obras de arte e se sentiu inspirada a pintar as paisagens do Japão e do Peru. Em idade avançada, continuou a criar, caminhando pelas montanhas de Nevada enquanto seus jovens assistentes se esforçavam para acompanhá-la. Aos 90 anos, sua visão começou a se deteriorar, mas ela continuou a trabalhar, dizendo "Posso ver o que quero pintar. A coisa que faz você querer criar ainda está ali". Morreu aos 98 anos, em 1986. Os historiadores concordam que ela é um dos mais importantes artistas da história.

JIMSON WEED / FLOR BRANCA Nº 1 (1932).

GEORGIA DISSE: "SE PEGAR UMA FLOR NA MÃO E REALMENTE OLHÁ-LA, ESSE SERÁ O SEU MUNDO POR UM INSTANTE."

RECEBEU A MEDALHA NACIONAL DE ARTES EM 1985 POR SUA VIDA PROFISSIONAL.

O CERRO PEDERNAL, NO NOVO MÉXICO, ERA SEU LUGAR FAVORITO DE TRABALHO, E SUAS CINZAS FORAM ESPALHADAS ALI.

HANNAH HÖCH
ARTISTA DE COLAGEM · MEIOS MISTOS · (1889-1978)

Hannah Höch foi a única mulher a participar do famoso grupo dadaísta em Berlim, Alemanha. Em resposta ao caos, à violência e à perda de vidas sem precedentes durante a Primeira Guerra Mundial, o movimento dadá era antiguerra, antissistema e até mesmo antiarte! Os artistas dadaístas usavam objetos encontrados e modos não convencionais para fazer arte que era deliberadamente irracional. Hannah é considerada um dos primeiros artistas a usar fotomontagem (uma colagem feita de fotos). Usou sua arte para criticar padrões de beleza, sexismo e racismo da Alemanha de Weimar.

Hannah nasceu em Gota, Alemanha, em 1889. Em 1912, entrou para a escola de arte em Berlim, mas seus estudos foram interrompidos pelo início da Primeira Guerra Mundial. Continuou os estudos em 1915. Enquanto estava na escola, envolveu-se romanticamente com o artista dadaísta e escritor Raoul Hausmann, que a convidou para entrar para o grupo de arte dadá em Berlim. Embora os homens do grupo dadá dissessem que apoiavam a igualdade feminina, muitas vezes excluíam Hannah das atividades do grupo porque era mulher. Até tentaram deixá-la de fora da primeira Feira Internacional Dadá em 1920, mas Raoul defendeu sua participação.

Nessa mesma exposição, Hannah mostrou sua peça *Corte com a faca de cozinha dadaísmo na última época cultural barriga de cerveja de Weimar na Alemanha* (1919). Essa fotomontagem viria a se tornar sua obra mais famosa. Ela retratava a força feminina diante da corrupção e do sexismo corporativo durante a Alemanha do pós-guerra.

Em 1922, Hannah e Raoul terminaram seu relacionamento, e o grupo dadaísta logo se separou. A política na Alemanha preparou o terreno para o fascismo, incluindo antissemitismo, racismo e homofobia generalizados. Hannah continuou a fazer obras de arte que desafiavam essa intolerância. Quando o partido nazista assumiu o controle em 1933, o governo baniu toda a arte e a literatura de que discordassem. Em 1934, a arte de Hannah foi considerada "degenerada", e ela foi proibida de expô-la. Muitos de seus colegas fugiram da Alemanha, mas Hannah permaneceu em um chalé na periferia de Berlim. Ali, isolada, continuou a produzir arte, ao mesmo tempo que evitava que as obras dos amigos fossem destruídas. Décadas depois da Segunda Guerra Mundial, sua arte foi redescoberta e celebrada em museus de todo o mundo. Hannah Höch continuou a criar arte até sua morte, em 1978.

ESCREVEU ARTIGOS SOBRE TECIDOS, TRICÔ, CROCHÊ E BORDADO PARA UMA REVISTA DE BERLIM.

FOTOMONTAGEM *CORTE COM A FACA DE COZINHA DADAÍSMO NA ÚLTIMA ÉPOCA CULTURAL BARRIGA DE CERVEJA DE WEIMAR NA ALEMANHA* (1919)

EM VEZ DE ASSINAR SEU NOME NO CANTO DIREITO INFERIOR, COLOCOU UM MAPA DOS PAÍSES EM QUE AS MULHERES TINHAM DIREITO AO VOTO.

USAVA JORNAIS, CATÁLOGOS DE PRODUTOS E PÁGINAS DE REVISTAS PARA FAZER COLAGENS.

ERA ABERTAMENTE BISSEXUAL, TINHA CABELOS CURTOS E GERALMENTE USAVA ROUPAS MASCULINAS, O QUE ERA INCOMUM E PERIGOSO NA ALEMANHA DO INÍCIO DO SÉCULO XX.

SUA SÉRIE DE FOTOMONTAGENS CHAMADA *MUSEU ETNOGRÁFICO* (1924-1930) COMBINAVA IMAGENS DE CORPOS, ESCULTURAS E MÁSCARAS DE DIVERSAS PARTES DO MUNDO.

ALMA THOMAS
PINTORA · (1891–1978)

Alma Thomas nasceu na Geórgia em 1891 e era a mais velha de quatro filhas. Em 1907, sua família mudou-se para a cidade de Washington em busca de melhores oportunidades. Quando jovem, Alma sonhava em ser arquiteta. Foi para a Universidade Howard estudar no recém-criado Programa de Belas-Artes e, em 1924, formou-se como a primeira pessoa com um diploma de Belas-Artes de Howard. No mesmo ano, começou sua carreira como professora de arte na Shaw Junior High School. Além de ensinar, continuou a pintar em estilo realista.

Em 1960, aposentou-se e dedicou-se totalmente à pintura. Com uma carreira de 35 anos em ensino, estava determinada a criar um novo conjunto de obras. Perseverando em meio a crises de dolorosa artrite nos pulsos, começou a pintar em cores vibrantes, criando grandes quadros abstratos rítmicos.

Alma se inspirava no modo como a luz criava padrões coloridos em seu jardim e nos canteiros de flores plantados por toda a cidade de Washington. Para sua série *Terra*, criou vários quadros abstratos com padrões vibrantes de círculos. *Terra* foi parte de sua exibição retrospectiva em 1966 na Universidade Howard. O sucesso da exposição lançou sua carreira de pintora abstrata.

Alma também era profundamente inspirada pelos enormes avanços tecnológicos que testemunhou durante sua vida. Como disse certa vez: "Nasci no final do século XIX, uma época de cavalos e carroças, e vivi as imensas mudanças da era das máquinas e do espaço do século XX". Durante a chegada do homem à Lua na nave Apollo, em 1969, ficou maravilhada com o modo como os pontinhos coloridos de luz na tela de TV permitiam que visse as imagens diretamente do espaço sideral. Isso inspirou sua famosa série de quadros *Espaço*, que inclui obras chamadas *Apollo 12 "Splash Down"* (1970) e *Starry Night and the Astronauts* (1972).

Os quadros de Alma cativaram o público nos Estados Unidos. Em 1972, tornou-se a primeira negra a ter uma exposição solo no Whitney Museum. Antes de falecer em 1978, recebeu muitas homenagens e elogios em todo o país. Nos últimos 18 anos de sua vida, pintou suas mais empolgantes e importantes obras, provando que nunca é tarde demais para experimentar algo novo e criar algo belo.

A SÉRIE DE QUADROS *TERRA* FOI COMPARADA A MOSAICOS BIZANTINOS.

SNOOPY SEES EARTH WRAPPED IN SUNSET (1970) RECEBEU SEU NOME EM HONRA AO MÓDULO LUNAR SNOOPY DA MISSÃO APOLLO 10.

RECEBEU UM DIPLOMA DE MESTRE EM ARTES NA UNIVERSIDADE DE COLUMBIA EM 1934.

OS QUADROS *WATUSI (HARD EDGE)* (1963), *SKY LIGHT* (1973) E *RESURRECTION* (1966) DECORARAM A CASA BRANCA DURANTE O GOVERNO OBAMA.

RESURRECTION AGORA É PARTE DA COLEÇÃO PERMANENTE DA CASA BRANCA.

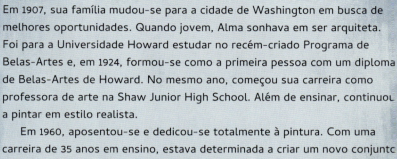

AUGUSTA SAVAGE
ESCULTORA E PROFESSORA · (1892-1962)

Augusta Savage nasceu na Flórida em 1892. Sempre soube que queria se tornar uma artista, mesmo que seu pai, pastor metodista, pensasse que fazer arte era um pecado. Augusta costumava esculpir animais com a argila vermelha que encontrava no chão. Quando o pai percebia o que estava fazendo, ela era punida com firmeza. Casou-se aos 15 anos e teve seu único filho um ano depois. Em 1919, ganhou um pouco de argila de um ceramista local. Finalmente, com acesso a materiais, pôde esculpir figuras maiores e venceu um concurso local. Para progredir na carreira artística, mudou-se para Nova York com apenas US$ 4,60 no bolso. Em 1921, recebeu uma bolsa integral para a Cooper Union.

Em 1923, foi selecionada para estudar no prestigiado programa de verão da Escola Fontainebleau de Belas-Artes na França. Quando ela chegou, a escola revogou o convite ao ver a cor de sua pele. Revoltada com essa discriminação, Augusta fez um apelo ao Comitê de Cultura Ética, e escreveram sobre ela nos jornais estadunidenses. Infelizmente, mesmo assim o programa negou sua entrada. Depois de concluir seus estudos na Cooper Union, trabalhou em uma lavanderia a vapor para se sustentar e enviar dinheiro para a família. Começou a receber encomendas para esculpir bustos e retratos de heróis afro-americanos e logo se tornou conhecida por ser um dos únicos escultores a retratar exclusivamente descendentes de africanos. Em 1929, esculpiu o busto de um jovem a que deu o nome de *Gamin* ("pivete" em francês). Essa pequena escultura colocou seu trabalho artístico no mapa, e ela recebeu uma bolsa Julius Rosenwald. Finalmente, tinha um patrocínio oficial para estudar em Paris. Logo conseguiu uma bolsa da Fundação Carnegie e viajou por toda a Europa.

Retornou a Nova York em 1932, durante a Grande Depressão. Notou que os afro-americanos estavam sendo deixados de lado nas oportunidades criadas pelo Works Progress Administration (WPA), um enorme programa do governo que, entre outras coisas, empregava artistas para produzir arte pública. Lutou para garantir que artistas negros fossem contratados e que a história negra fosse representada em murais patrocinados pelo governo. Ajudou a criar o Harlem Community Art Center em 1937 e foi sua primeira diretora. Acreditava que seu verdadeiro legado seria ensinar arte aos outros. Morreu em 1962, e hoje é considerada heroína do Renascimento do Harlem.

EM 1931, RECEBEU UMA BOLSA DA FUNDAÇÃO CARNEGIE PARA VIAJAR E ESTUDAR NA FRANÇA, NA BÉLGICA E NA ALEMANHA POR OITO MESES.

5 M DE ALTURA

CRIOU A ESCULTURA CHAMADA A HARPA PARA A FEIRA MUNDIAL DE NOVA YORK EM 1939, INSPIRADA NO POEMA DE JAMES WELDON JOHNSON "LIFT EVERY VOICE AND SING".

EM 1932, FUNDOU O SAVAGE STUDIO OF ARTS AND CRAFTS NO HARLEM.

EM 1934, TORNOU-SE A PRIMEIRA AFRO-AMERICANA ELEITA PARA A NATIONAL ASSOCIATION OF WOMEN PAINTERS AND SCULPTORS.

ESCULPIU BUSTOS DE HERÓIS AFRO-AMERICANOS COMO W. E. B. DU BOIS.

DOROTHEA LANGE
FOTÓGRAFA · (1895-1965)

VIAJOU PARA ÁSIA, ORIENTE MÉDIO E AMÉRICA DO SUL PARA FOTOGRAFAR.

SUAS FOTOS DO DUST BOWL FORAM USADAS COMO INSPIRAÇÃO PARA A ADAPTAÇÃO CINEMATOGRÁFICA DE AS VINHAS DA IRA.

TRABALHOU EM DIVERSOS ENSAIOS FOTOGRÁFICOS PARA A REVISTA LIFE.

Dorothea Lange, um dos fotógrafos de documentários mais importantes de todos os tempos, nasceu em 1895 em New Jersey. Em 1919, abriu um estúdio de retratos em São Francisco. Durante sua carreira, captou muitos momentos importantes da história estadunidense com sua câmera.

Durante a Grande Depressão, milhões de pessoas ao redor dos Estados Unidos perderam seus empregos. Dorothea tirou fotos das filas para pão e das manifestações de trabalhadores que aconteciam em sua cidade. Seu trabalho foi exibido em uma exposição pública, incluindo a foto *White Angel Breadline* (1933). Essas fotos fizeram com que Dorothea fosse contratada pela Resettlement Administration em 1935 (que mais tarde foi chamada de Farm Security Administration — FSA). Pela FSA, ela viajou pelo país e fotografou os trabalhadores migrantes que fugiam do Dust Bowl para o oeste. O Dust Bowl foi uma crise da agricultura na década de 1930 que tornou ainda pior a Grande Depressão. Uma longa seca combinada com práticas agrícolas inadequadas no Meio-Oeste dos EUA tornaram o solo estéril. Para fugir à fome e à pobreza, muitas famílias encaixotaram tudo que possuíam e começaram a ir para a Califórnia. As fotos de Dorothea foram algumas das primeiras a mostrar os efeitos do Dust Bowl. Ela mostrou ao restante do país a gravidade e o desespero da situação sem sacrificar a dignidade nem a humanidade de seus sujeitos.

Durante a Segunda Guerra Mundial, os militares japoneses atacaram Pearl Harbor e o governo estadunidense obrigou os cidadãos descendentes de japoneses a ir para campos de internamento. Em 1942, Dorothea começou a documentar a vida nesses campos, mostrando famílias e crianças colocadas em centros de detenção. Essas imagens foram rapidamente censuradas pelo exército estadunidense, mas hoje estão disponíveis ao público e são usadas para retratar esse momento vergonhoso da história dos EUA.

Em 1945, Dorothea ficou muito doente com uma recaída de poliomielite. Apesar da dor e da exaustão, continuou a trabalhar e a viajar por todo o mundo. Perto do fim da vida, começou a preparar uma retrospectiva de seu trabalho para uma exposição solo no Museu de Arte Moderna (MoMA). Em 1965, morreu aos 70 anos. A exposição retrospectiva aconteceu no ano seguinte. Dorothea Lange apresentou empatia e verdade em cada uma de suas fotografias e ajudou a transformar a fotografia documental em uma forma de arte.

FOI A SEXTA ENTRE FOTÓGRAFOS E A PRIMEIRA FOTÓGRAFA A TER UMA EXPOSIÇÃO SOLO NO MoMA.

A FOTOGRAFIA MÃE MIGRANTE (1936) TORNOU-SE A IMAGEM ICÔNICA DO DUST BOWL.

O LIVRO IMPOUNDED: DOROTHEA LANGE AND THE CENSORED IMAGES OF JAPANESE AMERICAN INTERNMENT FOI PUBLICADO EM 2008.

DOROTHY LIEBES
DESIGNER TÊXTIL, TECELÃ E EMPRESÁRIA · (1897-1972)

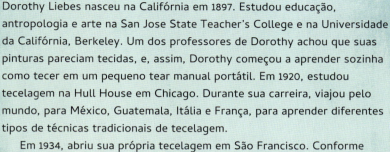

USAVA MATERIAIS NÃO CONVENCIONAIS COMO HASTES DE VIDRO, BAMBU, GRAMA E ARAME EM SUAS TAPEÇARIAS.

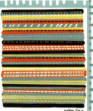

SEUS DESIGNS FORAM EXIBIDOS EM MUITOS MUSEUS IMPORTANTES, ENTRE ELES O MoMA.

HOJE SEU TRABALHO ESTÁ PRESENTE EM MUITAS COLEÇÕES, INCLUSIVE NA DO MUSEU SMITHSONIAN DE DESIGN COOPER HEWITT.

Dorothy Liebes nasceu na Califórnia em 1897. Estudou educação, antropologia e arte na San Jose State Teacher's College e na Universidade da Califórnia, Berkeley. Um dos professores de Dorothy achou que suas pinturas pareciam tecidas, e, assim, Dorothy começou a aprender sozinha como tecer em um pequeno tear manual portátil. Em 1920, estudou tecelagem na Hull House em Chicago. Durante sua carreira, viajou pelo mundo, para México, Guatemala, Itália e França, para aprender diferentes tipos de técnicas tradicionais de tecelagem.

Em 1934, abriu sua própria tecelagem em São Francisco. Conforme a empresa crescia, contratou outros tecelões e a expandiu, abrindo um segundo estúdio em Nova York. Em 1948, fechou o primeiro escritório e mudou toda a empresa para Nova York.

Os tecidos de Dorothy eram brilhantes e divertidos e muitas vezes incluíam materiais incomuns, como fibras metálicas, couro, lantejoulas e até mesmo fita telegráfica. Suas amostras pareciam peças preciosas de arte moderna colorida e eram, depois, produzidas em grande escala para criar tecidos. As tapeçarias de Dorothy eram usadas para cobrir pisos e paredes de importantes prédios ao redor dos Estados Unidos, e ela trabalhava com arquitetos famosos, como Frank Lloyd Wright e Edward Durell Stone. Suas encomendas mais importantes incluíram criar tecidos para a sala de jantar da Organização das Nações Unidas, para a Sala Persa do Plaza Hotel, e têxteis personalizados para a sala do trono real itinerante do rei da Arábia Saudita.

Dorothy era consultora de cor e design de grandes empresas químicas como DuPont, Dow e Bigelow Carpets. Eles queriam produzir fibras sintéticas, e, com sua experiência em tecelagem, Dorothy garantia que seus tecidos tivessem a aparência e a sensação corretas. Até cuidava para que as máquinas que criavam o tecido pudessem duplicar as irregularidades e os acidentes felizes que ocorrem quando os tecidos são feitos manualmente. Queria ter certeza de que o toque humano não se perderia só porque as máquinas estavam tecendo.

Muitos dos tecidos usados hoje foram influenciados por Dorothy, que ajudou a trazer um artesanato antigo para a era moderna. Ela continuou a gerenciar sua empresa pelo resto da vida, e só se aposentou parcialmente em 1971 por causa de um problema cardíaco. Um ano depois, faleceu. Hoje, é conhecida como "a mãe da tecelagem moderna".

FOI A DIRETORA DE ARTES DECORATIVAS PARA A FEIRA MUNDIAL DE SÃO FRANCISCO EM 1939.

DURANTE A SEGUNDA GUERRA, ENSINOU SOLDADOS FERIDOS A TECER COMO PARTE DO PROGRAMA DE ARTETERAPIA DA CRUZ VERMELHA.

RECEBEU A MEDALHA DE OURO DO AMERICAN CRAFT COUNCIL EM 1970.

TAMARA DE LEMPICKA
PINTORA · (1898-1980)

FOI MUITO INFLUENCIADA POR SEU MENTOR ANDRÉ LHOTE, QUE PINTAVA NO ESTILO "CUBISTA SINTÉTICO".

AUTORRETRATO, PINTADO EM 1929, É SUA OBRA MAIS CONHECIDA.

MADONNA EXIBIU QUADROS DE TAMARA EM MUITOS DE SEUS CLIPES.

Tamara de Lempicka nasceu em 1898 em Varsóvia, que na época era parte do Império Russo. Sua família era muito rica, mas tudo isso mudou durante a violenta Revolução Russa em 1917. Sua família fugiu, mas Tamara e o marido, Tadeusz Lempicki se recusaram a sair de São Petersburgo. Logo Tadeusz foi levado pela polícia, e Tamara teve de negociar a saída dele em segurança da prisão. Eles então imigraram para Paris. Tadeusz ficou deprimido demais para trabalhar, e Tamara deu à luz a filha deles. Diante da pobreza, Tamara decidiu que sustentaria a família usando seu talento natural para pintar.

Tamara começou seus estudos de arte na Académie de la Grande Chaumière em 1918. Em 1925, seus quadros tinham sido aceitos em importantes exposições de arte em Milão e Paris, e ela estava recebendo atenção de revistas como a *Harper's Bazaar*. A arte de Tamara nasceu do mundo elegante da década de 1920. Como os designs e os prédios *art déco* da época, seus quadros eram refinados, muito decorativos e, acima de tudo, celebravam a nova tecnologia e a riqueza. Ela pintou belos modelos e a elite ultrarrica da classe alta da Europa e dos Estados Unidos. Os retratados muitas vezes se elevavam contra um pano de fundo de arranha-céus, irradiando poder. O trabalho de Tamara tornou-se imensamente popular, e seu principal cliente era o rico dr. Pierre Boucard. Com ele como cliente, a própria Tamara se tornou rica. Comprou uma casa com projeto personalizado, dava festas extravagantes e usava as mais finas peles e joias. Do mesmo modo que criava cenas de opulência em seus quadros, assegurou-se de que sua persona pública combinasse com essa era luxuosa.

Em 1928, Tadeusz e Tamara se divorciaram, e, em 1934, ela se casou com o barão Raoul Kuffner. Em 1939, Tamara fez uma viagem para visitar amigos na Alemanha. Ela era de origem judia e ficou perturbada com o antissemitismo que viu e com o modo como a Alemanha tinha mudado sob os nazistas. Convenceu o marido de que precisavam deixar a Europa e se mudar para os Estados Unidos. Continuou a pintar, mas sua carreira artística começou a cair na obscuridade. Depois, foi redescoberta e, em 1973, a Galeria Luxemburgo em Paris realizou uma retrospectiva de sua obra. Seus quadros *art déco* fizeram um enorme sucesso! Faleceu em 1980. Atualmente, seus quadros ainda são colecionados por pessoas ricas e celebridades.

DISSE QUE PINTAVA POR 9 HORAS SEGUIDAS, SÓ PARANDO PARA UM CHAMPANHE, UMA MASSAGEM E UM BANHO.

RETRATO DA DUQUESA DE LA SALLE (1925).

ERA ABERTAMENTE BISSEXUAL E PINTOU FIGURAS PÚBLICAS GAYS, COMO A DUQUESA DE LA SALLE E ANDRÉ GIDE.

LOUISE NEVELSON
ESCULTORA · (1899–1988)

SUA ARTE FOI EXIBIDA NA 31ª BIENAL DE VENEZA.

BLACK WALL (1959)

LOUISE CHAMAVA SUAS ARTES DE PAREDE DE "AMBIENTES" PORQUE CONVIDAVAM O ESPECTADOR A SE PERDER NA TEXTURA, NO ESPAÇO E NA PROFUNDIDADE MONOCROMÁTICOS.

DAWN'S WEDDING FEAST (1959) FOI SEU PRIMEIRO "AMBIENTE" BRANCO.

Louise Nevelson nasceu em 1899 na Rússia, e, em 1905, sua família imigrou para os Estados Unidos. Crescendo no Maine, a jovem Louise sempre soube que algum dia se tornaria famosa. Em 1920, casou-se com o rico proprietário de uma empresa de transportes, Charles Nevelson, e eles se mudaram para Nova York. Dois anos depois, Louise teve seu único filho. Ela e Charles se separaram em 1931.

Enquanto morava em Nova York, estudou ópera, artes cênicas e pintura. Dedicou-se a uma vida nas artes, mesmo que isso significasse ter de se esforçar para fechar as contas no fim do mês. Teve muitos outros trabalhos, inclusive como figurante em um filme alemão em 1931 e como auxiliar de Diego Rivera em seu mural no Rockefeller Plaza em 1933. Em 1941, fez sua primeira exposição solo na Galerie Nierendorf em Nova York. Embora trabalhasse como uma artista séria e exibisse suas obras em muitas galerias, demorou 30 anos para ela vender sua primeira obra de arte.

Na década de 1950, começou a criar o trabalho que entraria para os livros de história da arte. Percorria as ruas coletando pedaços de madeira e usava esse "lixo" encontrado para criar esculturas. Empilhava caixotes de madeira, antigos balaústres e molduras para fazer seus "ambientes" em grande escala, do tamanho de uma parede. Depois, pintava-os com sua cor favorita, preto. Louise amava o preto, explicando que "ele contém toda a cor. Não é uma negação da cor. É uma aceitação. Porque o preto abarca todas as cores". Também criava peças totalmente brancas ou douradas. Em 1958, expôs sua primeira peça de parede, chamada *Sky Cathedral*. No inverno de 1958-59, expôs suas novas esculturas no Museu de Arte Moderna (MoMA) em Nova York. Foi um momento de revolução em sua carreira, e os críticos celebraram seu "domínio da escuridão e da sombra profunda", observando que suas esculturas "abrem todo um campo de possibilidades". Louise se tornou uma sensação!

Louise estava com cerca de 60 anos quando finalmente conseguiu se sustentar apenas com a arte. Depois de muitas exposições em museus de fama mundial, teve uma grande retrospectiva no Whitney Museum of American Art, em Nova York, em 1967. Continuou a criar obras e a ser premiada até sua morte em 1988. Suas esculturas e seus pendentes de parede podem ser vistos em espaços públicos e em galerias prestigiadas ao redor dos Estados Unidos.

SEU PAI TINHA UMA MADEIREIRA, E LOUISE BRINCAVA COM APARAS DE MADEIRA QUANDO ERA CRIANÇA.

MAIS TARDE, TAMBÉM TRABALHOU COM AÇO, ACRÍLICO E ALUMÍNIO.

EU TENHO CHUTZPAH!

QUANDO CRIANÇA, FALAVA IÍDICHE EM CASA COM A FAMÍLIA.

ESTATÍSTICAS · DA · ARTE

Embora as mulheres sejam quase metade da população e agora sejam a maioria dos estudantes das escolas de arte, ainda há desigualdade no modo como são tratadas no mundo profissional da arte. Seguem estatísticas que mostram a disparidade em representação, pagamento e poder nas belas-artes.

LEILÃO

OBRAS DE ARTE MAIS CARAS DE ARTISTAS HOMENS

VENDIDA EM 2017 POR US$ 450,3 MILHÕES

SALVATOR MUNDI DE LEONARDO DA VINCI (C. 1500)

VENDIDA EM 2015 POR US$ 300 MILHÕES

INTERCHANGE DE WILLEM DE KOONING (1955)

VENDIDA EM 2011 POR ESTIMADOS US$ 250 MILHÕES

OS JOGADORES DE CARTAS DE PAUL CÉZANNE (1892)

OBRAS DE ARTE MAIS CARAS DE ARTISTAS MULHERES

VENDIDA EM 2014 POR US$ 44,4 MILHÕES

JIMSON WEED/FLOR BRANCA Nº 1 DE GEORGIA O'KEEFFE (1932)

VENDIDA EM 2015 POR US$ 28,2 MILHÕES

SPIDER (ARANHA) DE LOUISE BOURGEOIS (1996)

VENDIDA EM 2014 POR US$ 11,9 MILHÕES

SEM TÍTULO DE JOAN MITCHELL (1960)

DISPARIDADE DE GÊNERO EM DIRETORES DE MUSEUS DE ARTE EM 2016

ESTAS ESTATÍSTICAS SÃO DO RELATÓRIO DE 2017 DA ASSOCIATION OF ART MUSEUM DIRECTORS (AAMD) E DO NATIONAL CENTER FOR ARTS RESEARCH.

MUSEUS GRANDES
(ORÇAMENTOS DE MAIS DE US$ 15 MILHÕES)

- 70% DOS DIRETORES DE MUSEU SÃO HOMENS
- 30% DOS DIRETORES DE MUSEU SÃO MULHERES

EM 2016, AS DIRETORAS GANHAVAM **75 CENTAVOS** PARA CADA DÓLAR GANHO POR UM DIRETOR.

MUSEUS PEQUENOS
(ORÇAMENTOS DE MENOS DE US$ 15 MILHÕES)

- 46% DOS DIRETORES DE MUSEU SÃO HOMENS
- 54% DOS DIRETORES DE MUSEU SÃO MULHERES

EM 2016, AS DIRETORAS GANHAVAM **98 CENTAVOS** PARA CADA DÓLAR GANHO POR UM DIRETOR.

AS GUERRILLA GIRLS - ESTATÍSTICAS FAZEM DECLARAÇÕES

Cansadas da desigualdade de gênero no mundo da arte, as Guerrilla Girls, um grupo anônimo de mulheres artistas, decidiram transformar as estatísticas em ativismo artístico! Uma de suas obras mais famosas foi uma série de *outdoors* mostrando a desigualdade de gênero no Metropolitan Museum of Art (Met) em Nova York, em que contaram quantas artistas mulheres estavam representadas *versus* quantos corpos femininos nus estavam em exibição. No mundo todo, as Guerrilla Girls organizaram as artistas e criaram projetos que lutam pela igualdade de gênero nas artes.

USAMOS MÁSCARAS DE GORILA SEMPRE QUE APARECEMOS EM PÚBLICO!

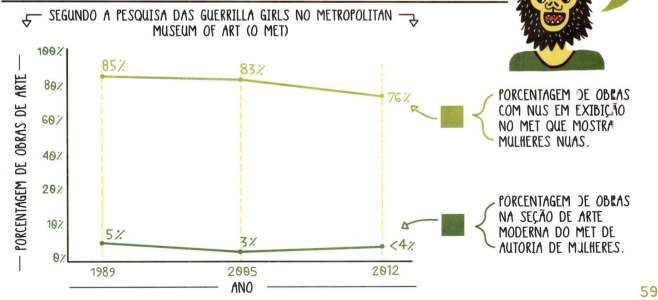

SEGUNDO A PESQUISA DAS GUERRILLA GIRLS NO METROPOLITAN MUSEUM OF ART (O MET)

- PORCENTAGEM DE OBRAS COM NUS EM EXIBIÇÃO NO MET QUE MOSTRA MULHERES NUAS: 85% (1989), 83% (2005), 76% (2012)
- PORCENTAGEM DE OBRAS NA SEÇÃO DE ARTE MODERNA DO MET DE AUTORIA DE MULHERES: 5% (1989), 3% (2005), <4% (2012)

BELLE KOGAN
DESIGNER INDUSTRIAL · (1902-2000)

"ACREDITO QUE O BOM DESIGN DEVE DEIXAR O CONSUMIDOR FELIZ...

E O FABRICANTE COM A CONTA NO AZUL."

FAZIA QUESTÃO DE QUE SEUS DESIGNS FOSSEM IGUALMENTE BONITOS, FUNCIONAIS E COM BOM CUSTO-BENEFÍCIO PARA SEUS PARCEIROS INDUSTRIAIS.

BAQUELITE FOI O PRIMEIRO PLÁSTICO CRIADO A PARTIR DE MATERIAIS SINTÉTICOS, E BELLE FOI UM DOS PRIMEIROS DESIGNERS A TRABALHAR COM ELE.

Belle Kogan nasceu em 1902 na Rússia e imigrou para os Estados Unidos com a família aos 4 anos. Cresceu em Allentown, Pensilvânia, com sete irmãos e irmãs. Durante o último ano do ensino médio, fez um curso de desenho mecânico e encontrou sua vocação no design industrial. Primeiro, usou essas habilidades para dar aula de desenho técnico enquanto economizava para a faculdade. Depois de se formar, estudou no Pratt Institute no Brooklyn, mas em 1920 teve de parar depois de apenas um semestre porque os tempos eram difíceis para a família Kogan. Belle teve de ajudar sua família e foi trabalhar na joalheria do pai. Começou a criar conjuntos de joias enquanto estudava na Art Students League de Nova York sempre que tinha tempo.

No final da década de 1920, teve um encontro casual com o chefe da Quaker Silver Company. Ele ficou impressionado com suas habilidades de design, e ela começou a trabalhar como *freelancer* para a empresa, projetando objetos em prata e peltre. Suas habilidades em desenho técnico permitiam que fizesse para os clientes esboços completamente funcionais e prontos para serem produzidos em massa. Por volta de 1931, abriu seu próprio estúdio em Nova York. Na época o design industrial era dominado por homens, e muitos industriais não queriam trabalhar com uma mulher. Belle se lembrava de uma oficina em Ohio que, supondo que ela fosse um homem, aceitou seus desenhos pelo correio, mas se recusaram a fazer negócios quando a viram pessoalmente. Ela descreveu esses primeiros anos como "cruelmente desanimadores".

Apesar desses primeiros desafios, ficou famosa por seus jogos americanos geométricos de plástico, seus relógios extravagantes e suas bijuterias estilosas de baquelite. Compreendeu que as mulheres eram ignoradas pelos designers, afirmando que "30 milhões de mulheres — consumidoras em potencial que constituem praticamente toda a estrutura de compra do país — são uma força que não pode ou não deveria ser desconsiderada". Em 1939, seus negócios floresciam, e pôde contratar três designers mulheres para trabalhar com ela.

Os designs de Belle e suas habilidades empresariais sagazes a transformaram na primeira mulher designer industrial dos Estados Unidos e em uma líder entre seus pares. No final da década de 1930, foi um dos fundadores da seção de Nova York do American Designers Institute (ADI). Morreu em 2000 e é lembrada como pioneira na área do design.

SEU ESTÚDIO TINHA MUITOS CLIENTES IMPORTANTES, COMO RED WING POTTERY, LIBBEY GLASS E REED & BARTON.

PROJETOU O RELÓGIO "QUACKER" PARA A EMPRESA TELECHRON.

FEZ MUITAS ENTREVISTAS, PALESTRAS E APARIÇÕES NA TV.

61

LOLA ÁLVAREZ BRAVO
FOTÓGRAFA · (1903-1993)

TRABALHOU COMO DIRETORA DE FOTOGRAFIA NO INSTITUTO NACIONAL DE BELAS-ARTES, NA CIDADE DO MÉXICO.

ABRIU E ADMINISTROU SUA PRÓPRIA GALERIA DE 1951 A 1958, REALIZANDO A ÚNICA EXPOSIÇÃO SOLO DE FRIDA KAHLO NO MÉXICO.

COMPUTADORA I (1954).

LOLA TAMBÉM FEZ TESTES COM FOTOMONTAGEM (COLAGEM).

Lola Álvarez Bravo nasceu no México em 1903. Quando era pequena, seus pais se separaram, e ela se mudou com o pai da pequena cidade de Jalisco para a grande e efervescente Cidade do México. Quando tinha 8 anos, o pai faleceu, e ela foi criada por parentes. Logo ficou amiga do vizinho Manuel Álvarez Bravo. Eles se apaixonaram e se casaram em 1925. Manuel era um fotógrafo profissional, e Lola começou sua carreira trabalhando como sua assistente na câmara escura. Inspirava-se nos fotógrafos Edward Weston e Tina Modotti e muitas vezes usava os equipamentos de Manuel para tirar suas próprias fotos. Depois de Manuel e Lola se separarem em 1934, ela começou a tirar fotos profissionalmente para sustentar a si mesma e ao filho de 7 anos.

Em meados da década de 1930, teve uma chance de fotografar o Ministro da Educação do México. Ele ficou tão impressionado com seu trabalho que mostrou as fotos para todo mundo. Logo Lola foi contratada pela revista *El Maestro Rural* e se tornou fotógrafa-chefe. Documentava tudo para a revista, de escolas e orfanatos a fazendas e postos de bombeiros. Durante uma época no México em que se esperava que as artistas ficassem em seu estúdio, Lola captava a vida ao ar livre conforme ela acontecia. "Eu era a única mulher andando com uma máquina fotográfica nas ruas, e todos os repórteres riam de mim. Então, tornei-me uma lutadora." Nos 50 anos seguintes, trabalhou fazendo retratos profissionais, fotojornalismo e fotos comerciais, mas seus projetos pessoais eram suas melhores obras. Em 1944, fez sua primeira exposição solo. Em muitas de suas fotos, como *Em sua própria cela* (1950), usou um contraste dramático de luz e sombra. Ela disse: "[Captei] imagens que me afetaram profundamente, como eletricidade, e me fizeram apertar o obturador; e não só com grande senso artístico, ou grande beleza e luz e tudo o mais, mas também com senso de humor, com esse tipo de alegria que é tão mexicano...". Lola queria mostrar "o coração" do México.

Continuou a tirar fotos até perder a visão em 1982, aos 79 anos. Morreu em 1993. Sua enorme coleção de fotos agora é exibida nas salas de muitos museus importantes, e todos podem ver a fatia da história mexicana que Lola Álvarez Bravo imortalizou com sua câmera.

ORGANIZOU EXPOSIÇÕES FOTOGRÁFICAS ITINERANTES EM ÁREAS RURAIS QUE NÃO TINHAM ACESSO A GALERIAS.

FOTOGRAFOU MUITOS ARTISTAS FAMOSOS, INCLUINDO FRIDA KAHLO.

O SONHO DOS POBRES 2 (1949)

USOU SUAS FOTOS PARA INSPIRAR COMPAIXÃO PELAS PESSOAS POBRES E POR AQUELES AFETADOS PELA VIOLÊNCIA DA RECENTE REVOLUÇÃO MEXICANA.

LOÏS MAILOU JONES
PINTORA, DESIGNER E PROFESSORA (1905-1998)

CRIOU PADRÕES DE ESTAMPARIA ABSTRATOS PARA VÁRIAS EMPRESAS TÊXTEIS ANTES DE SE TORNAR PROFESSORA DE ARTE.

EM 29 DE JULHO DE 1984, FOI DECLARADO O DIA DE LOÏS JONES NA CIDADE DE WASHINGTON.

ENSINOU MUITOS OUTROS ARTISTAS FAMOSOS, COMO ALMA THOMAS, ELIZABETH CATLETT E DAVID DRISKELL.

Loïs Mailou Jones nasceu em 1905, em Boston, em uma família de classe média. Seus pais reconheceram que tinham uma filha muito talentosa e incentivaram seu trabalho artístico. Ela se formou na Escola do Museu de Belas-Artes de Boston em 1927 e continuou sua educação em várias universidades. Em 1930, foi contratada pela Universidade Howard, onde atuou como professora de arte por 47 anos.

No início da década de 1930, aventurou-se em retratos realistas e criou obras de arte vibrantes e estilizadas que celebravam o Renascimento do Harlem. Apesar do talento, não tinha acesso às mesmas oportunidades dos artistas brancos. As leis de segregação permitiam que escolas e empresas excluíssem afro-americanos, e muitos artistas negros foram para o exterior, cansados de não terem seu talento reconhecido nos Estados Unidos. Em 1937, Loïs passou um ano sabático em Paris. Enquanto morou lá, foi inspirada pelos impressionistas e pintou as ruas da cidade e o interior francês. Sua arte foi recebida com muito entusiasmo. Na época, os artistas europeus eram fortemente influenciados pela arte tribal africana. Loïs já estava familiarizada com máscaras africanas e as representou em sua obra-prima, *Les Fétiches* (1938).

Retornou aos Estados Unidos com um novo conjunto de trabalhos empolgantes, mas ainda sofria discriminação. Seus trabalhos eram aceitos em galerias, mas assim que percebiam que ela era negra, recusavam-se a exibir suas obras. Assim, Loïs começou a enviar seus trabalhos pelo correio a museus e galerias para que fossem exibidos. Lembrava-se de ir a galerias em que os espectadores não tinham a menor ideia de que ela pintara as obras penduradas nas paredes.

Por causa da luta e do progresso do movimento dos direitos civis, nas décadas de 1950 e 1960, os artistas negros, entre eles Loïs, puderam alcançar mais reconhecimento. Em 1970, a US Information Agency tornou Loïs embaixadora cultural oficial para a África, o que lhe possibilitou ensinar, fazer palestras e visitar museus em 11 países africanos. Loïs também fez várias viagens ao Haiti com o marido, o artista haitiano Louis Vergniaud Pierre-Noel. Loïs ficou comovida com a arte da África e do Haiti, e sua pintura evoluiu para incorporar padrões brilhantes e formas abstratas.

Durante sua longa carreira, recebeu muitos prêmios e homenagens. Loïs Mailou Jones é lembrada como uma pioneira que lutou contra o racismo das instituições de arte e, ao fazer isso, abriu espaço para outros artistas negros.

SUA OBRA ESTÁ NAS COLEÇÕES PERMANENTES DO MET, DO SMITHSONIAN, DO PALÁCIO NACIONAL NO HAITI, DO NATIONAL MUSEUM OF AFRO-AMERICAN ARTISTS E DE MUITOS OUTROS MUSEUS.

UBI GIRL FROM TAI REGION (1972) FOI UMA DAS MUITAS PINTURAS IMPORTANTES INSPIRADAS POR SUAS VIAGENS À ÁFRICA.

LEE MILLER
FOTÓGRAFA · (1907-1977)

EM 1941, SUAS FOTOS DO EGITO FORAM EXIBIDAS NO MoMA EM NOVA YORK.

DURANTE A DÉCADA DE 1970, SUA CASA NO INTERIOR DA INGLATERRA ERA VISITADA POR AMIGOS E MUITOS ARTISTAS FAMOSOS, COMO PABLO PICASSO, MAX ERNST E MAN RAY.

Elizabeth "Lee" Miller nasceu em Nova York em 1907 e se interessou por fotografia ainda criança. Enquanto estudava na Art Students League de Nova York, foi salva de um atropelamento de bonde por Condé Nast! Ele era o proprietário da revista *Vogue* e apresentou Lee a sua editora-chefe, Edna Woolman Chase. Edna procurava a próxima "garota moderna" e colocou Lee na capa da *Vogue* em março de 1927, transformando-a em uma das mais requisitadas modelos de passarela do final da década de 1920.

Em 1929, Lee deixou Nova York e foi para Paris, onde os surrealistas estavam criando algumas das imagens mais estranhas já vistas. Lee foi até o estúdio de Man Ray e pediu que ele lhe ensinasse os mistérios da fotografia surrealista. Juntos, eles descobriram novas técnicas fotográficas, contorcendo o corpo humano e usando acessórios para criar situações oníricas impossíveis. Lee muitas vezes era modelo diante da câmera. Em 1932, voltou para Nova York e abriu um bem-sucedido estúdio de retratos. Nunca conseguindo ficar muito tempo parada, Lee deixou Nova York pelo Cairo e morou três anos no Egito, onde fez muitas expedições fotográficas pelo deserto.

No início da Segunda Guerra Mundial, em 1939, Lee estava morando em Londres. Testemunhou os bombardeios alemães e, em vez de fugir, entrou no caos com um capacete na cabeça e uma câmera nas mãos. Trabalhou como correspondente de guerra oficial para a *Vogue* e captou o surrealismo da vida real na Grã-Bretanha durante a guerra. Em 1942, foi contratada como correspondente das forças de guerra estadunidenses e fotografou a guerra e o período imediatamente posterior, até 1946. Documentou a libertação de Paris e muitas batalhas na Alemanha. Quando os estadunidenses chegaram a Buchenwald e Dachau, Lee esteve entre os primeiros fotógrafos a documentar os horrores dos campos de concentração e o genocídio do povo judeu. Seu trabalho ajudou a expor o Holocausto ao público.

Depois da guerra, teve seu único filho com o marido, Roland Penrose. Trabalhava ocasionalmente como fotógrafa até os anos 1970, mas sofria de transtorno de estresse pós-traumático (TEPT) por causa da guerra. Em seus últimos anos, tornou-se uma *chef gourmet* e cozinhou banquetes elaborados para seus muitos amigos. Lee Miller faleceu em 1977, deixando uma enorme quantidade de obras que ainda estão sendo descobertas.

QUANDO A INVASÃO DOS ALIADOS À EUROPA ACONTECEU, EM 1944, LEE ERA A ÚNICA MULHER FOTOJORNALISTA NA LINHA DE FRENTE.

FOI UMA COZINHEIRA *GOURMET* SURREALISTA, FAZENDO PRATOS COMO FRANGO VERDE, MARSHMALLOWS EM MOLHO DE COCA-COLA E ENORMES BANQUETES ELISABETANOS.

FRIDA KAHLO
PINTORA · (1907-1954)

SEU TRABALHO CELEBRAVA SUA HERANÇA E ERA INSPIRADO PELA ARTE POPULAR MEXICANA E POR QUADROS COM MOTIVOS RELIGIOSOS.

PINTOU MAIS DE 140 QUADROS, E UM TERÇO DELES ERA DE AUTORRETRATOS.

AS DUAS FRIDAS (1939).

ESTE QUADRO EXPLORAVA OS DOIS LADOS DE SUA PERSONALIDADE, SIMBOLIZADOS PELOS TRAJES EUROPEU E TRADICIONAL DE TEHUANA.

Frida Kahlo nasceu em 6 de julho de 1907, em uma cidade pequena perto da Cidade do México.

Aos 6 anos, contraiu poliomielite, que causou dano permanente à sua perna direita. Apesar disso, cresceu praticando esportes e até luta livre. Gostava de desenhar, mas se concentrou nos estudos de ciência e medicina. Aos 18 anos, foi terrivelmente ferida em um violento acidente de ônibus, e sua vida mudaria para sempre. Os médicos tiveram de engessar todo o seu corpo, e Frida ficou meses no hospital. Para ajudar a passar o tempo, sua família construiu um cavalete especial que permitia que ela pintasse enquanto estava deitada na cama. Foi então que percebeu que queria dedicar sua vida à arte. Durante toda a vida, Frida sentiu dor crônica e passou por inúmeras cirurgias. Transformou sua dor emocional e física em inspiração para algumas das mais belas pinturas do mundo.

Depois de se recuperar, tornou-se membro do Partido Comunista mexicano em 1927 e, no ano seguinte, conheceu o famoso muralista Diego Rivera. Casaram-se em 1929, tornando-se um dos casais mais famosos do México: Diego era conhecido por sua política e sua arte, enquanto Frida era conhecida principalmente por ser apenas a esposa dele. Frida continuou seu trabalho político e artístico, mesmo não sendo reconhecida no início. Diego e Frida tinham um relacionamento complicado e muitas vezes difícil, e a dor e a alegria do seu amor eram temas importantes no trabalho de Frida. Ela também criou muitos autorretratos que exploravam sua identidade como mulher. Nessas obras, rejeitava os padrões de beleza ocidentais sem se desculpar e celebrava sua própria herança mestiça indígena. Isso é visto em sua escolha de roupas, em sua bela face não depilada e no uso de iconografia e simbolismo mexicanos.

Seu trabalho artístico começou a ser reconhecido em 1938, quando teve sucesso em sua primeira exposição solo em Nova York. Um ano depois, o Louvre comprou um de seus quadros. Durante a década seguinte, sua carreira artística esteve em ascensão, mas sua saúde continuou a declinar. Em 1953, finalmente fez uma exposição solo na Cidade do México. Doente demais para ficar em pé na galeria, Frida recebeu os convidados deitada em uma cama. No ano seguinte, morreu aos 47 anos. Hoje, seus quadros são celebrados e exibidos em todo o mundo, e o nome de Frida tornou-se um grito de guerra para o feminismo.

DIEGO E FRIDA FORAM APELIDADOS DE O ELEFANTE E A POMBA.

EM 1950, ELA TEVE GANGRENA NO PÉ. PRECISOU AMPUTAR A PERNA E USAR PRÓTESE.

EM SUA EXPOSIÇÃO NA CIDADE DO MÉXICO, FRIDA FICOU DEITADA EM UMA CAMA QUE DECOROU COM ESPELHOS E FOTOS DE SEUS PARENTES, AMIGOS E HERÓIS.

CIPE PINELES
DESIGNER GRÁFICA E DIRETORA DE ARTE · (1908-1991)

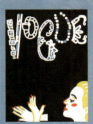

TAMBÉM TRABALHOU PARA A REVISTA *VOGUE* EM NOVA YORK E LONDRES (1932-38).

FOI CONSULTORA DE DESIGN GRÁFICO PARA O LINCOLN CENTER DE 1961 A 1972.

RECEBEU UMA MEDALHA DE OURO DO ART DIRECTORS CLUB POR SUAS ILUSTRAÇÕES E SEU *LAYOUT* PARA UM ARTIGO SOBRE COZINHAR BATATAS.

Cipe Pineles nasceu em Viena em 1908. Aos 13 anos, sua família imigrou para o Brooklyn, Nova York, mas ela manteve o forte sotaque austríaco durante toda a vida. Cipe formou-se no Pratt Institute em 1929 e foi contratada pela empresa de design Contempora em 1931. Condé Nast, fundador e coordenador da revista e do império midiático de mesmo nome, ficou interessado pelos expositores para varejo que Cipe criou na Contempora. Ele ficou tão impressionado que a contratou como designer da *Vogue* e da *Vanity Fair*.

Cipe trabalhou como assistente do exigente diretor de arte Mehemed Fehmy Agha. Um diretor de arte supervisiona o estilo visual e a aparência de uma revista, garantindo que o trabalho de todos os designers, ilustradores e fotógrafos seja coeso com sua visão. Agha treinou Cipe para se transformar em uma ótima designer editorial. Cipe lembrava que "Agha era o chefe mais fabuloso com quem se podia trabalhar. Nada do que você fazia o satisfazia. Ele estava sempre mandando você voltar e se superar, ir mais fundo no assunto". Em 1942, Cipe foi promovida e se transformou na diretora de arte da *Glamour*.

Em 1947, tornou-se diretora de arte da revista *Seventeen*. Na época, a maioria das revistas voltadas para o público feminino jovem tratava as leitoras como se estivessem obcecadas com o casamento. Mas a *Seventeen* era diferente. A fundadora, Helen Valentine, queria educar as jovens e lhes fornecer exemplos inspiradores. Cipe criou designs modernos e sofisticados para combinar com o conteúdo que as jovens ambiciosas mereciam. Depois, tornou-se diretora de arte da *Charm*, "a revista para mulheres que trabalham", e da *Mademoiselle*. Com essas revistas, foi capaz de promover a imagem da mulher independente.

Durante sua carreira, Cipe foi uma respeitada diretora de arte que recebeu muitos prêmios e fez parte da diretoria do American Institute of Graphic Arts (AIGA). Apesar disso, o Art Directors Club (ADC) de Nova York se recusou a aceitar uma mulher. Foi preciso um protesto do marido dela (também um designer gráfico) para que mudassem de ideia. O ADC aceitou-a como primeira mulher membro em 1948, e em 1975 Cipe entrou para o Hall da Fama do ADC. Cipe Pineles continuou a contribuir para a comunidade de design até sua morte, em 1991. Em 1996, recebeu postumamente a medalha AIGA por sua impressionante carreira de 60 anos.

COMEÇOU A ENSINAR NA PARSONS SCHOOL OF DESIGN EM 1963.

CONTRATOU ARTISTAS FAMOSOS, COMO ANDY WARHOL E AD REINHARDT, PARA ILUSTRAR A *SEVENTEEN*, O QUE LEVOU A ARTE MODERNA A SUAS JOVENS LEITORAS.

EM 1945, ESCREVEU E ILUSTROU UM LIVRO DE COZINHA COM RECEITAS JUDIAS.

O MANUSCRITO FOI REDESCOBERTO E O LIVRO, *LEAVE ME ALONE WITH THE RECIPES*, FOI PUBLICADO EM 2017.

MARY BLAIR
ILUSTRADORA, DESIGNER, ARTISTA CONCEITUAL E ANIMADORA (1911-1978)

SUA ARTE CONCEITUAL FOI USADA EM MUITOS CURTAS-METRAGENS DA DISNEY, COMO SUSIE, O PEQUENO CUPÊ AZUL E THE LITTLE HOUSE.

SEU MARIDO, LEE BLAIR, TAMBÉM ERA UM ARTISTA QUE TRABALHAVA NA DISNEY.

ELA PINTOU MUITOS MURAIS PARA ATRAÇÕES NA DISNEYLÂNDIA, ENTRE ELES O GRAND CANYON CONCOURSE NO CONTEMPORARY RESORT E O DO "TOMORROWLAND PROMENADE".

Os Estúdios Walt Disney fizeram alguns dos filmes de animação mais icônicos da história moderna. Nos bastidores de cada um desses filmes estão centenas de animadores e artistas conceituais talentosos, e uma das mais influentes e persistentes foi Mary Blair. Nascida em Oklahoma em 1911, Mary se formou no Chouinard Art Institute em Los Angeles em 1933, com a esperança de se tornar uma pintora tradicional. Quando terminou a faculdade, a Grande Depressão tinha esfriado o mundo da alta arte, e Mary precisava encontrar um trabalho comercial. Começou a trabalhar como animadora em Hollywood e, em 1940, entrou para os Estúdios Walt Disney.

No ano seguinte, viajou para um retiro de arte patrocinado pela Disney na América do Sul. As cores e os padrões que Mary viu em suas viagens a inspiraram. Começou a criar ilustrações muito estilizadas. Seu trabalho era divertido, e muitos disseram que suas pinturas eram como se você estivesse vendo o mundo pelos olhos de uma criança. O próprio Walt Disney ficou tão impressionado com sua arte que a promoveu a supervisora de arte para as animações *Você já foi à Bahia?* e *Alô, amigos*. Seu estilo novo e moderno tornou-a um dos artistas favoritos de Walt. Suas pinturas conceituais influenciaram muito os projetos de personagens, os ângulos de câmera e o uso emocional da cor em muitos filmes da Disney. Sua influência é vista especialmente em *Alice no País das Maravilhas*, *As aventuras de Ichabod e sr. Sapo*, *Cinderela* e *Peter Pan*.

Depois da conclusão de *Peter Pan* em 1953, Mary saiu dos Estúdios Disney para iniciar uma carreira *freelancer*. Fez ilustrações para livros infantis, criou anúncios para o café Maxwell House e concebeu exibidores em vitrines para lojas de departamento luxuosas como a Bonwit Teller em Nova York. Em 1964, Walt Disney contratou-a para um projeto especial: projetar "uma saudação às crianças do mundo", a famosa atração "It's a Small World". Produzida originalmente para a Feira Mundial de Nova York em 1964, nessa atração os passageiros entram em um barco de verdade que passa por cenas de diferentes países. Mary criou cada um dos dançantes personagens animatrônicos, esculturas e murais que dão ao passeio seu charme infantil. Em todo o mundo, os parques temáticos da Disney ainda têm a atração "It's a Small World", e os visitantes esperam horas em filas só para sentir sua magia. Embora Mary Blair tenha trabalhado há décadas, seu caprichoso trabalho artístico continua a ser relevante. Seu legado continua a influenciar ilustradores e filmes até hoje.

ILUSTROU MUITOS LIVROS DA COLEÇÃO CLÁSSICOS DE OURO, ENTRE ELES *THE UP AND DOWN BOOK* E *I CAN FLY*.

FOI A DESIGNER DE COR NO FILME DE 1967 *COMO VENCER NA VIDA SEM FAZER FORÇA*.

EM 2009, O MUSEU DE ARTE CONTEMPORÂNEA DE TÓQUIO REALIZOU A PRIMEIRA EXPOSIÇÃO EM GRANDE ESCALA DO TRABALHO DELA.

THELMA JOHNSON STREAT
PINTORA, BAILARINA E EDUCADORA · (1911-1959)

CELEBRIDADES, COMO FANNY BRICE E VINCENT PRICE, COLECIONAVAM SEUS QUADROS.

ABRIU UMA ESCOLA EM HONOLULU E TRABALHOU COM SEU MARIDO, JOHN EDGAR, PARA PROMOVER A IGUALDADE RACIAL POR MEIO DA EDUCAÇÃO ARTÍSTICA.

Thelma Johnson Streat nasceu no estado de Washington e cresceu em Portland, Oregon. Depois de estudar na Universidade de Oregon em meados da década de 1930, viajou pelos Estados Unidos. Ficou algum tempo em Nova York, Chicago e São Francisco, onde começou a trabalhar em murais em grande escala para a Works Progress Administration (WPA). Durante esse trabalho, tornou-se amiga do muralista mexicano Diego Rivera e o auxiliou em seu mural *Unidade Panamericana* em 1939. Foi uma das poucas pessoas que ele permitiu que realmente pintassem em seu mural.

Em 1940, Diego escreveu para Thelma uma carta de apresentação a galerias em que elogiou o trabalho dela como "extremamente evoluído e sofisticado o bastante para reconquistar a graça e a pureza da arte afro-americana e dos povos indígenas norte-americanos". Essa carta levou à aceitação de seu quadro *Death of a Black Sailor* (1943) para ser exibido em uma galeria de Los Angeles. Depois da Segunda Guerra Mundial, os veteranos afro-americanos que arriscaram a vida defendendo os Estados Unidos estavam voltando para um país que ainda lhes negava os direitos civis básicos. O quadro de Thelma apontava essa hipocrisia, ao mesmo tempo que homenageava os homens que haviam perdido a vida. A Ku Klux Klan (KKK), um violento grupo supremacista branco, não gostou do quadro e fez ameaças a ela e à galeria. Thelma não seria intimidada. Ela e a galeria se recusaram a retirar o quadro, e ele permaneceu orgulhosamente em exibição pelo resto da exposição.

Thelma muitas vezes trabalhou com temas da história afro-americana, mas também criou muitos quadros abstratos inspirados em suas viagens por Europa, México, Haiti e Havaí. Além da pintura, também amava a dança! Thelma foi um dos primeiros artistas a incorporar a dança nas apresentações em galerias, fazendo interpretações rítmicas diante de seus quadros. Em 1947, tornou-se um dos primeiros artistas abstratos afro-americanos a ter uma exposição solo em Nova York.

Infelizmente, sua carreira foi interrompida em 1959, quando morreu de um ataque cardíaco aos 47 anos. Por quase 60 anos, seu trabalho foi praticamente esquecido, mas retornou ao primeiro plano em 2016, quando seu quadro *Medicine and Transportation* (1942-44) foi exibido como parte da coleção permanente no Museu Smithsonian. Thelma Johnson Streat agora é reconhecida como foi durante sua vida: uma grande artista e ativista.

ELA ERA IMPRESSIONANTE!

SUA FAMÍLIA CONTINUA A PROMOVER SEU TRABALHO E A GARANTIR QUE SEJA VISTO PELO PÚBLICO.

EM 1942, FOI A PRIMEIRA ARTISTA AFRO-AMERICANA A TER SEU TRABALHO NA COLEÇÃO DO MoMA.

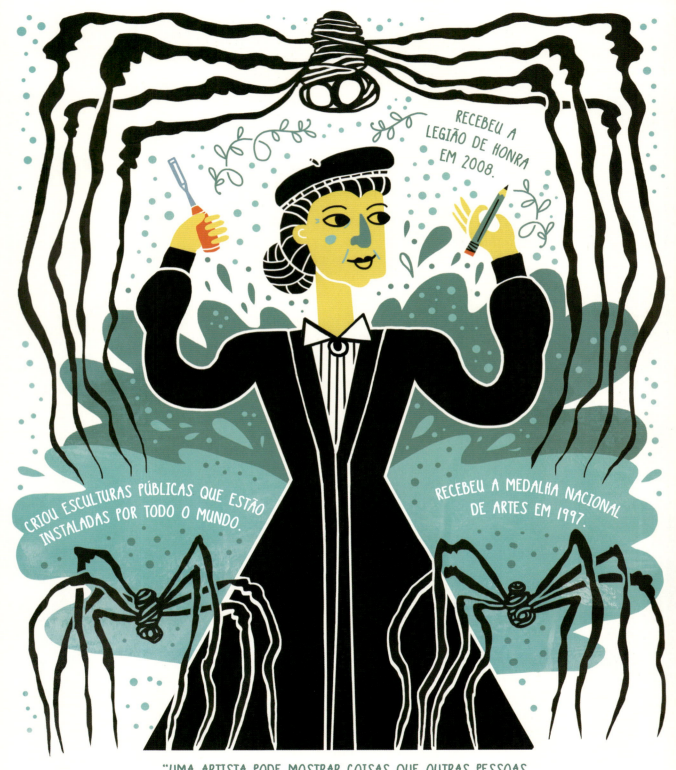

LOUISE BOURGEOIS
ESCULTORA, ARTISTA DE INSTALAÇÕES, PINTORA E GRAVURISTA · (1911–2010)

RECEBEU UM DOUTORADO HONORÁRIO DE YALE EM 1977.

EM 1973, COMEÇOU A DAR AULAS EM MUITAS ESCOLAS DE ARTE EM NOVA YORK.

EM 1989, COMEÇOU SUA SÉRIE DE ESCULTURAS CHAMADA CELLS. SÃO INSTALAÇÕES DE SALAS ENGAIOLADAS PREENCHIDAS COM ESCULTURAS E OBJETOS ENCONTRADOS.

Louise Bourgeois nasceu em 1911 em Paris. Sua família era proprietária de uma galeria que exibia belas tapeçarias antigas. Quando criança, Louise estava sempre desenhando e ajudava a mãe com reparos nas tapeçarias. Em 1930, entrou para a Sorbonne e começou a estudar matemática. Dois anos depois, sua mãe faleceu. Isso a levou a mudar sua área de estudo e a seguir sua paixão pela arte. Seu pai não concordou e se recusou a patrocinar sua educação artística. Para continuar os estudos, Louise traduziu aulas para estudantes estadunidenses em troca de gratuidade nas taxas escolares. Em 1935, formou-se na Sorbonne e continuou seus estudos de arte em Paris. Em 1938, casou-se com o historiador de arte Robert Goldwater, e juntos se mudaram para os Estados Unidos, país natal dele.

Em 1945, Louise fez sua primeira exposição solo em Nova York, em que mostrou 12 quadros. Logo depois, seu trabalho foi incluído na Whitney Annual. Em 1949, fez sua primeira exposição solo de escultura com a série *Personnages* (1945-55), que são totens surreais de tamanho natural em madeira e pedra. Seu trabalho geralmente deforma ou distorce a forma humana. Durante os 30 anos seguintes, criou esculturas, quadros e gravuras. Nenhum meio ou material estava fora dos limites para Louise. Sua arte tem sido descrita como "psicologicamente carregada" e trata de dor, raiva e da necessidade de proteção diante de um mundo assustador. Apesar do prolífico conjunto de sua obra, Louise era desconhecida do público em geral. Mas isso tudo mudaria depois da retrospectiva de seu trabalho no Museu de Arte Moderna (MoMA), em 1982, que exibiria uma centena de obras que ela tinha criado ao longo de sua carreira. Uma das peças de destaque era uma instalação do tamanho da sala, feita de borracha e madeira, chamada *A destruição do pai* (1974). Finalmente, aos 70 anos, ela se tornou uma sensação internacional.

Aos 80 anos, começou a criar sua famosa série *Spider*. Essas aranhas de metal enormes, ferozes e de aparência frágil representavam sua mãe, que, como uma aranha, havia sido uma tecelã criativa e trabalhadora. Para Louise, as aranhas eram predadoras e também protetoras contra pragas. Em 1999, chamou sua maior aranha, com 8 metros de altura, de *Maman*. Suas aranhas foram exibidas em todo o mundo, de Kansas City e São Petersburgo a Buenos Aires e Paris. Em 1997, recebeu a Medalha Nacional de Artes. Durante os últimos 20 anos de vida, ela se tornou um dos mais respeitados e influentes artistas do mundo.

ENTROU PARA O NATIONAL WOMEN'S HALL OF FAME EM 2009.

REPRESENTOU OS ESTADOS UNIDOS NA BIENAL DE VENEZA DE 1993.

PARA A INAUGURAÇÃO DA TATE MODERN EM 2000, INSTALOU MAMAN (1999) E *I DO, I UNDO, I REDO* (1999-2000).

RAY EAMES

DESIGNER INDUSTRIAL, ARTISTA GRÁFICA, ARQUITETA E CINEASTA (1912-1988)

DURANTE A SEGUNDA GUERRA MUNDIAL, OS EAMES PROJETARAM TALAS FEITAS DE COMPENSADO.

OS EAMES PROJETARAM SUA PRÓPRIA CASA, A "EAMES HOUSE", TAMBÉM CONHECIDA COMO CASA ESTUDO DE CASO Nº 8 (1949), QUE SE TORNOU UMA DAS MAIS IMPORTANTES OBRAS DE ARQUITETURA DO SÉCULO XX.

A EAMES LOUNGE CHAIR (1946) É PARTE DA COLEÇÃO PERMANENTE DO MoMA.

O ESTÚDIO 901 EM VENICE, CALIFÓRNIA, FOI O ESCRITÓRIO DOS EAMES DE 1943 A 1988.

ELA ADORAVA BUGIGANGAS E BAGUNÇA, E SUAS COLEÇÕES ENCHIAM SUA CASA E SEU ESCRITÓRIO.

"Queremos fazer o melhor para a maioria pelo mínimo" era o lema de Charles e Ray Eames, o casal cheio de energia que criou o estúdio Eames. Ray Eames nasceu Bernice Kaiser em Sacramento, Califórnia, em 1912. Começou sua carreira como pintora e estudou com o famoso abstracionista Hans Hofmann. Em 1940, conheceu Charles Eames na Cranbrook Academy of Art em Michigan. Charles e o arquiteto Eero Saarinen estavam tentando criar uma cadeira com um novo material chamado compensado. Era complicado moldar o frágil compensado em curvas complexas. Ray os ajudou a preparar a cadeira para exposição na competição Organic Design in Home Furnishings do Museu de Arte Moderna (MoMA). Embora tenham vencido os dois primeiros prêmios, seu design era impossível de ser reproduzido em massa.

Ray e Charles se apaixonaram e se casaram em 1941. Logo depois, abriram seu próprio estúdio de design em Los Angeles. Juntos, continuaram a projetar uma cadeira de compensado para produção em massa. A função governou completamente o processo de design, e eles testaram e retestaram constantemente os materiais e como a pessoa sentada se sentia na cadeira. Em 1946, a Eames Lounge Chair foi finalmente produzida em massa. Os críticos a chamavam de "cadeira do século". Esse foi só o começo. As pessoas que retornavam da Segunda Guerra Mundial estavam empolgadas para começar do zero em novas casas. O estúdio Eames criou linhas de móveis de compensado e de plástico moldado para o estilo de vida suburbano da nova classe média. O sucesso contínuo do estúdio com mobiliário lhes permitiu assumir outros tipos de projetos. Eles criaram brinquedos, como House of Cards (1952), e produziram filmes, como *Potências de dez* (1968, lançado em 1977).

Durante a parceria de Ray com Charles, o crédito foi dado quase sempre a Charles. Durante a década de 1950, os entrevistadores retratavam Ray como a "pequena ajudante dele", não como a parceira que ela era. Charles protestava contra isso e dizia: "Tudo que eu faço, Ray pode fazer melhor". Ela estava envolvida em todos os projetos, e a colaboração deles era completamente entrelaçada. Ray era conhecida especialmente pelo uso da cor e da fantasia. Também criou têxteis e arte gráfica para o estúdio e projetou e dirigiu a arte dos icônicos anúncios e fotografias Eames.

Charles faleceu em 1978, e, durante a última década de sua vida, Ray liderou o estúdio. Na década de 1980, foi plenamente reconhecida como um gênio do design. Morreu em 1988. Hoje, "Eames" tornou-se sinônimo para toda a era do design de meados do século XX.

MÉRET OPPENHEIM
ESCULTORA SURREALISTA · (1913-1985)

As esculturas de Méret Oppenheim são tão icônicas do movimento surrealista quanto os relógios derretidos de Salvador Dalí ou as lágrimas de vidro de Man Ray. O movimento de arte surrealista da década de 1930 teve tudo a ver com sonhos, a mente inconsciente e os desejos mais profundos de uma pessoa. O movimento era dominado por homens, e as mulheres eram quase exclusivamente usadas como modelos ou retratadas como musas e objetos de desejo. Mas as esculturas de Méret exploravam os papéis estritos de gênero e a opressão das mulheres na sociedade, bem como a identidade feminina.

Méret nasceu na Alemanha em 1913. Quando a Primeira Guerra Mundial começou, sua família fugiu para a Suíça. Em 1932, Méret mudou-se para Paris, onde conheceu o fotógrafo surrealista Man Ray e começou a trabalhar como modelo para ele. No ano seguinte, tornou-se parte do movimento surrealista como uma artista por conta própria. Suas esculturas justapõem itens cotidianos normais a materiais ou imagens perturbadores ou humorísticos.

Sua escultura *Objeto* (1936; também conhecida como *Café da manhã em pele*) era um conjunto de xícara, pires e colher de chá completamente coberto com pele. Ela transformou um item delicado e doméstico em algo que parecia um animal, acessando o subconsciente do espectador, e muitos não deixam de imaginar o desconforto de beber em uma xícara de chá molhada e peluda. Em 1936, sua escultura foi apresentada em uma exposição do Museu de Arte Moderna (MoMA) chamada "Fantastic Art, Dada, Surrealism". *Objeto* foi um sucesso tão grande que ela conquistou a fama da noite para o dia. Suas outras esculturas também combinavam materiais e objetos de maneiras estranhas, como sua escultura *Minha enfermeira* (1936), que era um par de sapatos femininos de salto alto presos como um frango assado. No mesmo ano, Méret fez sua primeira exposição solo na Galeria Schulthess na Basileia, Suíça.

Méret sentiu-se sobrecarregada pela fama e pelo sucesso súbitos e parou de fazer arte nos 20 anos seguintes. Em meados da década de 1950, sentiu-se inspirada para criar de novo. Em 1956, criou as roupas para uma produção da peça de Picasso *O desejo pego pelo rabo*. Em seu estúdio na Suíça, ela começou a escrever, esculpir e projetar vestuário e joias. Em 1967, foi reconhecida com uma grande retrospectiva em Estocolmo.

Em 1982, recebeu o Grande Prêmio de Arte da Prefeitura de Berlim. Depois de uma carreira fazendo arte que acessava o subconsciente para expor verdades não ditas, Méret Oppenheim faleceu em 1985.

FEZ UM AUTORRETRATO COM UMA MÁQUINA DE RAIO-X: *RAIO-X DA CABEÇA DE MÉRET OPPENHEIM* (1964).

PROJETOU A FONTE *MÉRET OPPENHEIM* (1983) PARA A PRAÇA PÚBLICA EM BERNA, NA SUÍÇA.

CRIOU ROUPAS SURREAIS COMO *JAQUETA DE PAPEL* (1976) E *PAR DE LUVAS* (1985).

A IDEIA PARA *OBJETO* (1936) VEIO DE UMA BRINCADEIRA DURANTE UM ALMOÇO COM OUTROS ARTISTAS SOBRE SEUS BRACELETES DE PELE. MÉRET DISSE QUE PODIA COBRIR QUALQUER COISA COM PELE, ATÉ MESMO UMA XÍCARA DE CHÁ, E BRINCOU EM VOZ ALTA...

"GARÇOM, MAIS PELE!"

AMRITA SHER-GIL
PINTORA · (1913-1941)

A UNESCO, ORGANIZAÇÃO CULTURAL DAS NAÇÕES UNIDAS, DECLAROU 2013, O 100º ANIVERSÁRIO DE SEU NASCIMENTO, O ANO INTERNACIONAL DE AMRITA SHER-GIL.

SUA MÃE ERA CANTORA DE ÓPERA, E SEU PAI ERA UM ESTUDIOSO DE PERSA E SÂNSCRITO.

Amrita Sher-Gil nasceu em 1913 em Budapeste, Hungria. Sua mãe era judia húngara, e seu pai era sikh indiano. Desde nova, demonstrou talento natural para a arte. Começou a ter aulas formais de arte aos 8 anos, depois que sua família se mudou para o norte da Índia. Aos 16 anos, Amrita viajou para a Europa com a mãe para iniciar sua educação formal em pintura em Paris, onde frequentou a Académie de la Grande Chaumière e a Escola de Belas--Artes e foi influenciada pelos pintores pós-impressionistas Paul Cézanne, Paul Gauguin e Amedeo Modigliani. Aos 19 anos, ganhou a medalha de ouro de 1933 no Grande Salão de Paris com seu quadro *Young Girls* (1932). Apesar de seu sucesso em Paris, ela sentiu a necessidade de partir, afirmando que era "assombrada por intenso desejo de retornar à Índia, sentindo de alguma maneira estranha e inexplicável que lá estava meu destino como pintora". Foi para a Índia no final de 1934 e começou sua turnê pelo país. Inspirou-se na arte estilizada encontrada nas Cavernas Ajanta e na vibração e na composição encontradas nas miniaturas mogol do século XVII. Começou a fundir as técnicas ocidentais que tinha aprendido em Paris com as influências indianas para criar seu próprio estilo de pintura.

Amrita também ficou profundamente comovida com o povo da Índia. Estava determinada a representar a vida cotidiana e as emoções das pessoas pobres, como fez em seu quadro *Village Scene* (1938). Também queria refletir o mundo particular das mulheres indianas e os laços íntimos compartilhados pelas mulheres. Durante essa época, era comum que muitos pintores indianos retratassem as mulheres como felizes e submissas. Amrita, por outro lado, queria mostrar as emoções complexas e silenciosas das mulheres. Em seu quadro *Three Girls* (1935), mostra três jovens sentadas em atitude digna, esperando por um futuro que não podem controlar.

Em 1938, Amrita voltou à Hungria para se casar com Victor Egan, e eles se mudaram juntos para a Índia. Ela morou na aldeia de Saraya e, depois em Lahore. Em 1941, ficou doente alguns dias antes de sua primeira grande exposição solo e faleceu com apenas 28 anos. Ela criou um grande conjunto de obras durante a vida e teve um impacto ainda maior no mundo da arte. Hoje, é considerada uma pioneira e um dos artistas modernos mais influentes da Índia.

SOUTH INDIAN VILLAGERS GOING TO MARKET (1937) FOI PINTADO DURANTE SUAS VIAGENS PELO SUL DA ÍNDIA.

EM 2006, SEU QUADRO *VILLAGE SCENE* FOI VENDIDO POR 6,9 MILHÕES DE RÚPIAS (CERCA DE US$ 973.000), UMA QUANTIA RECORDE PAGA POR UM QUADRO NA ÍNDIA.

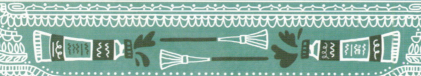

ELIZABETH CATLETT
ESCULTORA E GRAVURISTA · (1915-2012)

COMO ATIVISTA DE ESQUERDA, FOI INVESTIGADA PELO COMITÊ DE ATIVIDADES ANTIAMERICANAS DA CASA BRANCA DURANTE A ERA McCARTHY, NOS ANOS 1950.

ESCULPIU BUSTOS DE MARTIN LUTHER KING JR. E DA ESCRITORA PHILLIS WHEATLEY E ENTALHOU CENAS DE HARRIET TUBMAN.

Elizabeth Catlett nasceu em 1915 e foi criada pela mãe em um bairro de classe média na cidade de Washington. Seu pai morreu antes de ela nascer. Enquanto crescia, sua avó contava histórias sobre a própria experiência como escrava e as dificuldades que havia enfrentado. Elizabeth ficava triste com essas histórias e também ficou com raiva quando percebeu como os filmes da época representavam a escravidão de modo impreciso. Quando estava pronta para ir para a faculdade, ganhou uma bolsa para o Carnegie Institute of Technology. Infelizmente, quando a escola percebeu que ela era negra, recusou sua matrícula. Em vez disso, Elizabeth foi para a Universidade Howard, em que se formou com honras no departamento de arte em 1935 e, depois, obteve seu mestrado em Belas-Artes na Universidade de Iowa.

Em 1946, recebeu uma bolsa da Fundação Rosenwald para produzir arte na Cidade do México. Lá, ela conheceu muralistas e ativistas políticos que acreditavam que a arte era para todos e uma ferramenta para elevar as pessoas. Elizabeth lembrava-se de seu tempo na Oficina Gráfica Popular "aprendi como usar a arte a serviço das pessoas, das pessoas que enfrentam dificuldades, para quem só o realismo tem significado". A arte de Elizabeth muitas vezes retratava a luta e a força da comunidade negra. Enquanto estava na Oficina Gráfica Popular, aprendeu como criar litografias que é uma técnica de gravura. Seu trabalho artístico combinaria influências afro-americanas e mexicanas. Em 1962, tornou-se cidadã mexicana.

Durante sua carreira, produziu arte expressionista negra que era política. Criou retratos realistas como *Sharecropper* (1952), em que retratou trabalhadores, e litografias como *Negro es bello* (1968), que celebravam a negritude. Durante a carreira, também criou esculturas geométricas estilizadas que mostravam figuras afro-americanas de um modo moderno. Muitas vezes, criou imagens do movimento *black power*, como a escultura *Homage to My Young Black Sisters* (1968).

Durante a segunda metade de sua vida, os grandes museus e galerias de todo o mundo celebravam seu trabalho. Na velhice, Elizabeth dividiu seu tempo entre Nova York e Cuernavaca, México. Continuou a criar arte para o povo mesmo depois dos 90 anos.

EM 2009, FOI HOMENAGEADA NO NAACP IMAGE AWARDS.

ELA LECIONOU NA ESCOLA NACIONAL DE BELAS-ARTES, NA CIDADE DO MÉXICO, DE 1958 A 1975.

CRIOU *INVISIBLE MAN* (2003), UM MEMORIAL DE BRONZE COM 4,5 M PARA O AUTOR RALPH ELLISON, LOCALIZADO NO RIVERSIDE PARK, EM MANHATTAN.

FERRAMENTAS · ARTÍSTICAS

Quer você esteja projetando um prédio, fundindo uma escultura ou pintando uma paisagem, um artista precisa das ferramentas certas! Os artistas usam tudo, desde as mais caras tintas a óleo até lixo encontrado nas ruas, para fazer suas obras. Aqui estão alguns materiais clássicos que um artista pode usar para criar uma composição incrível.

RUTH ASAWA
ESCULTORA, PATRONA DAS ARTES E PROFESSORA · (1926-2013)

EM 1968, CRIOU SUA PRIMEIRA OBRA REPRESENTACIONAL — UMA FONTE DE SEREIA — PARA A PRAÇA GUIRARDELLI EM SÃO FRANCISCO.

QUANDO CRIANÇA, RUTH E SEUS SEIS IRMÃOS AJUDAVAM NO TRABALHO DA FAZENDA.

ENQUANTO VARRIA O CELEIRO, ELA DESENHAVA, NA POEIRA, FORMAS QUE SE PARECIAM COM SUAS FUTURAS ESCULTURAS.

Ruth Asawa nasceu na Califórnia em 1926. Seus pais eram imigrantes japoneses que trabalhavam como fazendeiros. Ruth e seus irmãos os ajudavam na fazenda antes e depois da escola. Durante a Segunda Guerra Mundial, o Japão atacou a base militar estadunidense em Pearl Harbor. O governo dos Estados Unidos ficou com medo de haver espiões japoneses entre os civis e, sem motivo, começou a prender todos que tinham origem japonesa. De 1942 a 1946, mais de 100 mil nipo-americanos foram mantidos injustamente em campos de internamento, entre eles Ruth, então com 16 anos, e sua família. O pai foi colocado em um campo separado, e ela não o viu até 1948. No campo de internamento na Califórnia onde Ruth e a família ficaram detidos, havia vários artistas que tinham trabalhado para os Estúdios Walt Disney, e ela passava o tempo desenhando com eles.

Depois do fim da guerra, Ruth estudou na Black Mountain College na Carolina do Norte, de 1946 a 1949. Foi inspirada pelos professores, entre eles o artista Willem de Kooning e o coreógrafo Merce Cunningham. Em Black Mountain, também conheceu o arquiteto Albert Lanier. Eles se apaixonaram, se casaram e mudaram para São Francisco em 1949. Ruth começou a fazer arte no estúdio em sua casa, enquanto criava seis filhos.

Na década de 1950, começou a fazer suas famosas esculturas com fios pendurados. Descreveu seu trabalho como "uma rede tecida semelhante a uma malha medieval. Um pedaço contínuo de arame, formas que envolvem formas internas, e no entanto todas as formas são visíveis (transparentes). A sombra vai revelar uma imagem exata do objeto". Ruth expôs suas obras em toda a área da baía de São Francisco. Suas esculturas foram um grande sucesso, e seu trabalho foi aceito na prestigiosa exposição anual do Whitney Museum e na Bienal de Arte de São Paulo de 1955.

Em 1968, foi nomeada para a Comissão de Artes de São Francisco. Nesse mesmo ano, foi cofundadora do Alvarado Arts Workshop para crianças, que se tornou um modelo para programas de arte ao redor dos Estados Unidos. A abordagem educacional de Ruth era "Aprenda algo. Aplique-o. Passe adiante para que não seja esquecido". Em 1982, contribuiu para a criação da Ruth Asawa San Francisco School of the Arts. Continuou sua expansão pública até quase o fim da vida e continuou a produzir arte até sua morte. Certa vez, disse: "Escultura é como plantar. Se você simplesmente persistir, vai conseguir fazer muita coisa".

TAMBÉM TRABALHOU COM PAPEL DE ORIGAMI, E MUITAS DESSAS PEÇAS SE TRANSFORMARAM EM GRANDES ESCULTURAS PÚBLICAS DE BRONZE EM SÃO FRANCISCO.

QUANDO SEUS PROGRAMAS DE EXTENSÃO EM ARTE NÃO TINHAM PATROCÍNIO, FAZIA MASSA DE MODELAR COM FARINHA, SAL E ÁGUA PARA SEUS ALUNOS.

A TRAMA CONTÍNUA EM SUAS ESCULTURAS FOI INSPIRADA NA FABRICAÇÃO DE CESTAS QUE VIU EM UMA VIAGEM AO MÉXICO.

NORMA SKLAREK

ARQUITETA · (1926-2012)

NORMA RECEBEU O PRÊMIO WHITNEY M. YOUNG JR. DO AIA EM 2008.

SEU PAI ERA MÉDICO E SUA MÃE ERA COSTUREIRA.

A UNIVERSIDADE HOWARD CRIOU UMA BOLSA DE ESTUDOS DE ARQUITETURA COM O NOME DELA.

Norma Sklarek nasceu no Harlem em 1926. Em 1950, formou-se na escola de arquitetura da Universidade de Columbia. O exame de arquitetura em Nova York era um teste difícil que durava quatro dias, mas Norma foi aprovada na primeira tentativa e, em 1954, se tornou oficialmente a primeira mulher negra com licença de arquiteta no estado. Ela viria a conquistar muitos outros primeiros lugares históricos durante sua carreira.

Em 1955, Norma conseguiu um emprego no prestigiado escritório de arquitetura Skidmore, Owings & Merrill. Quatro anos depois, mudou-se para Los Angeles para trabalhar no Gruen Associates e, em 1962, se tornou a primeira arquiteta negra licenciada na Califórnia. Em 1980, tornou-se a primeira negra a ser eleita *fellow* do American Institute of Architects (AIA), que é a designação mais elevada. Cinco anos depois, fundou seu próprio escritório de arquitetura, chamado Siegel-Sklarek-Diamond. Na época, era o maior escritório de arquitetura de propriedade de mulheres no país. Em 1989, saiu da empresa para trabalhar em projetos de grande escala na Jerde Partnership, onde trabalhou como diretora até a semiaposentadoria em 1992.

Norma era conhecida por sua habilidade em administrar projetos tecnicamente complexos. Seus edifícios tinham sistemas de engenharia e elétricos de vanguarda, com alicerces que podiam suportar tempestades tropicais e terremotos, além de terem uma aparência moderna e elegante. Apesar de tudo isso, ela sentia que tinha de provar seu valor como arquiteta. Lembrava-se de quando havia trabalhado na reforma do Terminal Um do Aeroporto Internacional de Los Angeles: "No princípio, os arquitetos que trabalhavam no aeroporto estavam céticos porque uma mulher estava encarregada do projeto. Mas havia vários projetos acontecendo ali na época, e o meu era o único que estava andando conforme o cronograma".

Norma Sklarek não criou apenas um caminho para seu próprio sucesso, mas levou outros com ela. Durante toda a carreira, lecionou em várias universidades e tutelava estudantes para ajudá-los a passar nos exames de credenciamento. Para ela, era importante estar disponível como modelo para outras jovens negras que fossem para a arquitetura. Norma presidiu o Conselho Nacional de Ética do AIA para lutar contra a discriminação no seu campo de trabalho. Faleceu em 2012 e entrou para a história como uma pioneira, sendo chamada de "Rosa Parks da arquitetura".

OUTROS PROJETOS IMPORTANTES INCLUEM O DOWNTOWN PLAZA EM SACRAMENTO, O QUEENS FASHION MALL EM NOVA YORK E O FOX PLAZA EM SÃO FRANCISCO.

ALGUNS DE SEUS PRINCIPAIS PROJETOS EM LOS ANGELES INCLUEM O PACIFIC DESIGN CENTER, A ESTAÇÃO DE TREM E METRÔ WILSHIRE/ LA BREA E O FASHION INSTITUTE OF DESIGN & MERCHANDISING.

YAYOI KUSAMA
ESCULTORA, ARTISTA DE INSTALAÇÕES, PINTORA E ARTISTA PERFORMÁTICA (1929-)

DESENHOU ABÓBORAS QUANDO ERA CRIANÇA. AMA A FORMA DELAS E AS INCORPOROU EM MUITAS PEÇAS, COMO *TODO O AMOR ETERNO QUE TENHO PELAS ABÓBORAS* (2016).

TEM VÁRIAS *SALAS INFINITAS* EM EXIBIÇÃO PERMANENTE, ENTRE ELAS *SALA ESPELHADA INFINITA – AS ALMAS DE MILHÕES DE ANOS-LUZ DE DISTÂNCIA* (2013) NO BROAD EM LOS ANGELES.

Yayoi Kusama senta-se pintando bolinhas, usando um vestido com bolinhas estampadas, em um estúdio coberto com telas pontilhadas de bolinhas. Kusama tornou-se icônica por suas bolinhas, mas elas são mais do que apenas um padrão. Ela sofreu com ataques de ansiedade e alucinações por toda a vida. Muitas vezes, essas alucinações envolvem o mundo, que se transforma em bolinhas que a submergem. Kusama transformou sua doença em inspiração.

Nasceu em 1929 em Matsumoto, Japão. Quando criança, estava sempre desenhando e queria se tornar uma artista profissional. Sua mãe não a incentivou a seguir a arte e até chegou a rasgar seus desenhos. Mas, em 1948, Kusama conseguiu convencer os pais a deixá-la estudar pintura em Kyoto. Em 1957, mudou-se para os Estados Unidos em busca da liberdade para seguir seus sonhos.

Enquanto buscava se afirmar como artista em Nova York, começou a pintar sua famosa série *Redes infinitas*. Como vemos no quadro *No. F* (1959), essas pinturas são feitas de círculos aparentemente infinitos que cobrem toda a tela. Nessa época, artistas pop como Andy Warhol dominavam a cena artística estadunidense. As criações de Kusama se encaixavam bem nessa arte pop brilhante e divertida, mas eram mais pessoais. Ao longo da década de 1960, Kusama criou "happenings" (que eram um tipo de festa de arte) em que cobria telas, pessoas e até mesmo salas inteiras com bolinhas. Em 1963, começou a criar suas *Salas espelhadas infinitas*, que enchia com objetos ou luminárias repletos de bolinhas. Os espelhos se refletiam infinitamente uns nos outros, "obliterando" o senso de espaço do espectador. Seu trabalho foi apresentado em galerias importantes, entre elas o Museu de Arte Moderna (MoMA).

Em 1973, sua saúde mental continuou a declinar, e ela retornou ao Japão. Continuou a trabalhar mesmo com todos os desafios e, em 1977, decidiu morar em um hospital psiquiátrico. Comprou um estúdio na vizinhança para produzir sua arte. Para ela, o trabalho artístico é um remédio: "Luto contra a dor, a ansiedade e o medo todos os dias, e o único método que encontrei para aliviar minha doença é continuar criando arte". Nos últimos 40 anos, Yayoi Kusama tem passado todos os dias, das 9h às 18h, em seu estúdio, criando centenas de quadros, colaborando com importantes criadores de moda e projetando instalações. Suas exposições de arte continuam a ser visitadas por multidões em todo o mundo.

FUNDOU A KUSAMA FASHION COMPANY EM 1968 E COLABOROU COM LANCÔME, MARC JACOBS E LOUIS VUITTON.

EM 2017, O MUSEU YAYOI KUSAMA FOI ABERTO EM TÓQUIO.

CORRESPONDEU-SE COM GEORGIA O'KEEFFE ANTES DE SE MUDAR PARA OS EUA.

"VOCÊ NÃO PODE FICAR SENTADO ESPERANDO QUE OUTRA PESSOA DIGA QUEM VOCÊ É. VOCÊ PRECISA ESCREVER, E PINTAR, E FAZER ISSO! É DAÍ QUE A ARTE VEM, É UMA IMAGEM VISUAL DE QUEM VOCÊ É. ESSE É O PODER DE SER UMA ARTISTA!" — FAITH RINGGOLD

FAITH RINGGOLD
PINTORA, ARTISTA TÊXTIL, EDUCADORA E ATIVISTA · (1930–)

RECEBEU OS PRÊMIOS NATIONAL ENDOWMENT FOR THE ARTS EM ESCULTURA (1978) E PINTURA (1989).

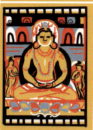

AS PINTURAS COM BORDAS DE TECIDO FORAM INSPIRADAS PELAS *TANKAS* TIBETANAS.

SUA BONECA *WILT* TINHA 2,20 M DE ALTURA.

FAITH FEZ BONECAS DE PANO E ESCULTURA MOLE, QUE USOU EM PEÇAS DE ARTE PERFORMÁTICA.

Faith Ringgold nasceu em 1930 no Harlem. Ela amava o bairro e se lembra de que sua infância foi repleta de arte. Sua mãe era estilista e costureira, e Faith estava sempre desenhando e fazendo coisas. Inscreveu-se na City College de Nova York e se formou em educação artística em 1955. Enquanto ensinava arte na cidade, concluiu o mestrado em 1959.

No final da década de 1960 e na década de 1970, Faith tornou-se uma líder no movimento para que mais mulheres artistas e negras expusessem nos museus contemporâneos de Nova York. As mulheres eram apenas 2% da prestigiosa exposição anual do Whitney Museum. A Whitney Annual (que se tornou bienal em 1973) expunha obras de artistas contemporâneos e, como os Salões de Paris do início do século XX, ter uma obra exposta ali podia deslanchar a carreira de um artista. Faith se concentrou nessa questão das mulheres e ajudou a organizar um protesto para exigir mais representação. Ao lhe perguntarem qual deveria ser a exigência de representação apresentada pelo protesto, Michelle, a filha adolescente de Faith, ousadamente sugeriu "50%!". Faith e um grupo de mulheres foram às ruas de Nova York para protestar, armadas de apitos, cartazes e ovos pintados. Na exposição Whitney seguinte, 20% dos artistas representados eram mulheres. O progresso tinha começado e, finalmente, em 2010, quase 40 anos depois, a Bienal Whitney teve uma maioria de mulheres expondo.

Em 1973, Faith deixou de ensinar para se concentrar totalmente em produzir arte. Com a ajuda da mãe, primeiro começou a criar pinturas, como *Ecos do Harlem* (1980), que tinham molduras de tecido com bordados, contas e franjas coloridos. Então, em 1983, criou sua primeira colcha narrativa, chamada *Who's Afraid of Aunt Jemima?*. Nela, Faith recontou a história da mascote do xarope de panquecas, Aunt Jemima, como uma empresária fabulosa e bem-sucedida. Muitas de suas colchas foram transformadas em livros infantis ilustrados, como *Tar Beach* (1991) e *Dinner at Aunt Connie's House* (1993).

Faith se tornou conhecida por suas obras que combinam histórias, tecidos e ilustrações pintadas. Seu trabalho tem sido exposto em muitos museus importantes ao redor dos Estados Unidos, incluindo a Bienal Whitney de 1985. Ela continua a trabalhar, ensinar e falar sobre o poder de sua arte e a importância da representação nas artes.

QUANDO SUAS MEMÓRIAS FORAM REJEITADAS PELAS EDITORAS, COMEÇOU A ESCREVER SUA HISTÓRIA EM SUAS OBRAS DE ARTE PARA CONTÁ-LA. FINALMENTE, PUBLICOU SUAS MEMÓRIAS EM 1995.

EM 1971, FOI COFUNDADORA DE UM GRUPO PARA ARTISTAS AFRO-AMERICANAS CHAMADO "WHERE WE AT".

JEANNE-CLAUDE DENAT DE GUILLEBON

ARTISTA AMBIENTAL · (1935-2009)

THE UMBRELLAS (1984-91) ERA UMA SÉRIE DE GUARDA-CHUVAS EM GRANDE ESCALA COLOCADOS EM VALES NA CALIFÓRNIA E NO JAPÃO PARA COMPARAR E CONTRASTAR AS DIFERENÇAS.

EMBRULHOU MUITAS ESTRUTURAS IMPORTANTES COM TECIDO, COMO A PONT NEUF, EM PARIS, E A GALERIA DE ARTE KUNSTHALLE BERN, NA SUÍÇA.

CHRISTO E JEANNE-CLAUDE DEMORARAM 25 ANOS PARA CONSEGUIR PERMISSÃO PARA EMBRULHAR O PALÁCIO DO REICHSTAG, EM BERLIM.

JEANNE-CLAUDE E CHRISTO NASCERAM EXATAMENTE NO MESMO DIA.

CHRISTO E JEANNE-CLAUDE COBRIRAM O RIFLE GAP NAS MONTANHAS ROCHOSAS COM UMA CORTINA LARANJA GIGANTE, EM UMA INSTALAÇÃO CHAMADA VALLEY CURTAIN (1970-82).

Jeanne-Claude Denat de Guillebon nasceu em 1935 em Casablanca, Marrocos, enquanto seu pai estava estacionado lá como parte do exército francês. Conheceu Christo Vladimirov Javacheff em 1958, quando ele pintou o retrato da mãe dela. Os dois se apaixonaram e se tornaram parceiros na vida e na arte. Em 1961, Christo e Jeanne-Claude colaboraram em seu primeiro projeto, *Stacked Oil Barrels and Dockside Packages*. Depois, criaram seu primeiro trabalho monumental, chamado *Cortina de ferro* (1961-62), um muro inteiro feito de barris de petróleo. Em 1964, mudaram-se para Nova York.

Jeanne-Claude e Christo queriam transformar o mundo usando tecidos coloridos. Embrulharam edifícios, vales e até mesmo ilhas inteiras durante sua carreira. De 1968 a 1969, cobriram o litoral de Sydney, Austrália, com 92.903 m² de tecidos e deram à instalação o nome de *Costa embrulhada*. Embora a instalação tenha demorado cerca de um ano para ser construída, só foi exibida durante 10 semanas e, depois, removida sem deixar traços. Entre 1972 e 1976, eles criaram *Running Fence*, uma "cerca" gigante com 40 km de comprimento de tecido ondulante que atravessou o norte da Califórnia e foi mantida apenas durante 2 semanas. Seu trabalho parecia ao mesmo tempo impossível, mágico e ridículo.

Entre 1980 e 1983, embrulharam o perímetro de 11 ilhas perto de Miami com 603.869 m² de tecido rosa-choque. A peça se chamava simplesmente *Ilhas cercadas* e esteve em exposição durante 2 semanas. Em 2005, terminaram *Os portões*, no Central Park em Nova York, em que começaram a trabalhar em 1979. A instalação consistia de 7.503 portões de tecido dourado pendurado. Sua arte ambiental enorme existe apenas por um breve tempo antes de ser desmontada, e todos os materiais são reciclados. Jeanne-Claude acreditava que isso dava ainda mais valor a seu trabalho, considerando isso "a qualidade de amor e ternura que nós, seres humanos, temos por aquilo que não dura muito".

Durante os 51 anos em que estiveram juntos, os dois artistas foram inseparáveis. Juntos, dirigiam uma equipe de assistentes para implementar seus grandes projetos, muitas vezes resolvendo problemas no local. Quatro anos depois da conclusão de *Os portões*, Jeanne-Claude faleceu. Christo continuou o trabalho de ambos, implementando algumas das ideias mais fantásticas que tiveram, até sua morte em maio de 2020.

WENDY CARLOS
COMPOSITORA E FOTÓGRAFA DE ECLIPSES · (1939–)

NA ADOLESCÊNCIA, GANHOU A BOLSA DE ESTUDOS DA FEIRA DE CIÊNCIAS WESTINGHOUSE POR SEU COMPUTADOR CONSTRUÍDO EM CASA.

ELA AMA GATOS E DESENHAR SEUS ANIMAIS DE ESTIMAÇÃO.

SUA FOTOGRAFIA DE ECLIPSE FOI USADA PELA NASA E FOI CAPA DA REVISTA SKY & TELESCOPE.

Wendy Carlos nasceu em Rhode Island em 1939. Começou a tocar piano aos 6 anos e também demonstrou muito talento em artes gráficas e em ciência. Depois de se formar na Universidade Brown, fez mestrado em composição musical em Columbia. Depois, começou a trabalhar como engenheira de gravação e mixagem no Gotham Recording Studio, onde conheceu seu grande amigo Robert Moog. Robert tinha inventado o sintetizador Moog, o primeiro sintetizador compacto com base em um teclado. Antes do Moog, a música eletrônica tinha sido criada com máquinas complicadas do tamanho de uma sala. Wendy sugeriu a Robert que o sintetizador Moog deveria ser sensível ao toque, como um órgão. Juntos, eles colaboraram para tirar os sons dessa máquina. Com esse novo tipo de instrumento, Wendy ajudou a criar sons completamente novos e um novo gênero de música.

Usando o sintetizador Moog, Wendy criou sua obra-prima, o disco *Switched-On Bach* (1968), que era uma reinterpretação dos corais e dos concertos de Johann Sebastian Bach. Esses novos sons sintetizados "de outro mundo" surpreenderam a todos. Em 1970, *Switched-On Bach* ganhou três prêmios Grammy e logo vendeu tantas cópias que recebeu um disco de platina. O mundo agora reconhece a música eletrônica como um gênero sério, graças ao trabalho de Wendy.

Wendy nasceu Walter Carlos, mas ela sempre soube que era uma mulher trans. Com o sucesso financeiro de *Switched-On Bach*, pôde começar sua transição em 1968. Tinha medo de uma reação violenta, mas em 1979 saiu do armário corajosamente em uma entrevista para uma revista. Ficou aliviada com a aceitação que recebeu e disse: "O público acabou sendo incrivelmente tolerante ou, se preferir, indiferente". Ela se lembrou do tempo que passou no armário, dizendo: "Nunca houve nenhuma necessidade de essa farsa acontecer. Foi um grande desperdício de anos da minha vida".

Em 1970, começou a colaborar com o diretor Stanley Kubrick, criando a trilha sonora de seus filmes, como a música para *Laranja mecânica* (1971) e *O iluminado* (1980). Também trabalhou com a Produções Walt Disney para musicar o original *Tron* (1982). Sua música levou esses filmes a um novo patamar. Wendy continuou gravando discos até o século XXI. Hoje, é conhecida como a mãe da música eletrônica e uma pioneira que ajudou a criar uma nova forma de arte.

SUA FOTOGRAFIA DE ECLIPSE INSPIROU SEU ÁLBUM DIGITAL *MOONSCAPES* (1984).

ESTUDOU TEORIA E CIÊNCIA DA COR.

SUAS FOTOS DE ECLIPSE CAPTAM A BRILHANTE COROA SOLAR POR TRÁS DA ESFERA ESCURA DA LUA.

⁉⁉ PAULA SCHER ⁉⁉
DESIGNER GRÁFICA · (1948–)

FOI PRESIDENTE DA SEÇÃO DO AIGA DE NOVA YORK DE 1998 A 2000.

SUAS CAPAS DE DISCO RECEBERAM QUATRO INDICAÇÕES PARA O PRÊMIO GRAMMY.

O PUBLIC THEATER GANHOU O FAMOSO PRÊMIO BEACON PELA ESTRATÉGIA DE DESIGN CORPORATIVO INTEGRADO.

Paula Scher nasceu em 1948 na cidade de Washington. No ensino médio, sentia que não se encaixava, mas desenhar a deixava feliz e, como artista, sabia qual era seu lugar. Inscreveu-se na Tyler School of Art e foi apresentada à arte da tipografia. No programa de design gráfico, aprendeu como as fontes podem criar o tom e o estado de espírito de uma palavra, mesmo antes de ser lida, e que cada forma de letra, com seus respectivos peso, proporção, serifa e formato, referencia determinados tempo e lugar na história. Como Paula observou: "A tipologia tem espírito. A tipologia não tem de ser essa coisa mecânica limpa que está simplesmente fazendo seu trabalho. Pode ser uma coisa maravilhosa com que se envolver". Em 1970, ela se formou bacharel em Belas-Artes na Tyler. Em 1972, conseguiu um emprego criando capas de discos para a CBS Records. Por mais de uma década, criou capas para mais de 150 discos, muitos dos quais apresentavam tipografia expressiva.

Em 1984, ela foi um dos fundadores do estúdio de design Koppel & Scher e, em 1991, entrou para a agência de design Pentagram. Paula reconheceu que seu melhor trabalho acontecia quando estava com um "espírito de brincadeira" enquanto criava. Em 1994, começou a ser consultora para um cliente dos sonhos: o Public Theater em Nova York. Em pleno modo de "brincadeira", inspirada pelo grafite e pela própria cidade, Paula combinou pesos diferentes de tipos para criar o logotipo do teatro. No ano seguinte, criou a campanha promocional e os pôsteres para o show *Bring in 'da Noise, Bring in 'da Funk*. As palavras se movimentavam com os bailarinos e enfatizavam a música do show. Por mais de 20 anos, continuou a aperfeiçoar a identidade visual do Public Theater e a criar novas campanhas para seus shows. Seu trabalho de design para o teatro tornou-se parte da trama de Nova York.

Além de seu trabalho de criação de marca, produziu designs ambientais ao literalmente embrulhar edifícios em tipografia. Esses conjuntos de letras e números gigantes brincam com cor e espaço enquanto comunicam informações importantes. Você pode ver o toque de Paula em edifícios como o New Jersey Performing Arts Center e a The New School em Nova York.

Durante toda a sua carreira, Paula Scher misturou design e belas-artes, simplicidade e erudição. Hoje, ela continua a trabalhar (e a brincar) enquanto resolve problemas para os clientes e produz arte para si mesma.

CRIA PINTURAS DE INFOGRÁFICOS GIGANTES. SUA SÉRIE *MAPS* CONSISTE DE MAPAS DOS ESTADOS UNIDOS CHEIOS DE DADOS COMO CÓDIGOS DE ÁREA E DEMOGRAFIA.

CRIOU LOGOTIPOS E DESIGNS PARA O MoMA E PARA EMPRESAS COMO CITIBANK, COCA-COLA, MICROSOFT E TIFFANY & CO.

ABCDEFGHIJKLM

HUNG LIU
PINTORA E ARTISTA DE INSTALAÇÕES · (1948–)

POR DUAS VEZES, ELA RECEBEU UMA BOLSA DA NATIONAL ENDOWMENT FOR THE ARTS.

SUA SÉRIE *AMERICAN EXODUS* USA FOTOS TIRADAS POR DOROTHEA LANGE DURANTE O DUST BOWL.

PROFESSORA EMÉRITA DE PINTURA NA MILLS COLLEGE EM OAKLAND, CALIFÓRNIA, ONDE LECIONOU DE 1990 A 2014.

Hung Liu nasceu na República da China em 1948. Um ano depois de seu nascimento, o partido comunista de Mao Tsé-Tung chegou ao poder, e, em 1966, a Revolução Cultural começou e o país foi "purgado" de todas as influências ocidentais ou não comunistas. Nos dez anos seguintes, mais de um milhão de pessoas foram deslocadas, aprisionadas arbitrariamente ou até executadas por expressar ideias que não estavam alinhadas com Mao. Durante esse período, muitos artefatos e edifícios chineses foram destruídos em uma tentativa de reescrever a história. Todos esses acontecimentos tiveram grande impacto sobre Hung Liu, que mais tarde criou obras de arte que "[olhavam] para o modo como a história se desenrola e como a história é escrita pelos vencedores".

Como parte do programa de reeducação da Revolução Cultural, Hung Liu foi enviada para uma pequena aldeia para trabalhar nos campos de arroz e trigo durante quatro anos. Em seu tempo livre, fotografou e desenhou muitos dos fazendeiros locais. Depois da reabertura das escolas em 1972, estudou arte no Beijing Teacher's College, onde a ensinaram a pintar no estilo realista socialista. Em 1981, concluiu seu mestrado em pintura mural na Academia Central de Belas-Artes, e seu portfólio foi aceito no programa de pós-graduação da Universidade da Califórnia, San Diego. Em 1984, mudou-se para os Estados Unidos com apenas 20 dólares e duas malas.

Em 1991, fez uma viagem para a China e descobriu fotos antigas de crianças artistas de rua, fazendeiros, trabalhadoras e refugiados, entre outros. Essas fotos foram uma inspiração e se tornaram os temas dos quadros a óleo de Hung Liu. Ela ficou conhecida por combinar as fotos de pessoas deslocadas com imagens de pinturas chinesas tradicionais, como motivos tradicionais florais e de cerâmica. Liu criou dezenas de séries de pinturas explorando esses temas, inclusive a série chamada *Women At Work*. Seus quadros são cobertos com camadas escorridas de aguadas e óleo de linhaça para "preservar e destruir a imagem" e "dar a sensação de uma lembrança distante". Em 2015, Hung Liu fez uma retrospectiva, chamada *Summoning Ghosts*, no Oakland Museum of California. Depois de vê-la, um crítico do *Wall Street Journal* chamou-a de "o maior pintor chinês dos Estados Unidos". Hung Liu continua a se inspirar em fotos de pessoas deslocadas e esquecidas. Seu trabalho faz o espectador refletir sobre como as lembranças moldam nossa história compartilhada.

TAMBÉM USA FOTOS DE SUA PRÓPRIA VIDA, COMO NO AUTORRETRATO COM COLAGEM CHAMADO *AVANT-GARDE* (1993).

TAMBÉM CRIOU INSTALAÇÕES DE ARTE COMO *ANTIGA MONTANHA DE OURO* (1994), UMA MONTANHA DE 200 MIL BISCOITOS DA SORTE EM CIMA DE TRILHOS DE TREM.

ZAHA HADID
ARQUITETA · (1950-2016)

FOI INDICADA COMANDANTE DA ORDEM DO IMPÉRIO BRITÂNICO EM 2002 E RECEBEU O TÍTULO DE DAME EM 2012.

PROJETOU O CENTRO AQUÁTICO PARA A OLIMPÍADA DE LONDRES DE 2012.

SEU SÓCIO EM ARQUITETURA, PATRIK SCHUMACHER, A INCENTIVOU A COMEÇAR A TRABALHAR COM PROGRAMAS DE COMPUTADOR PARA TRANSFORMAR SUAS IDEIAS MAIS AVANÇADAS EM REALIDADE.

Zaha Hadid nasceu em Bagdá, Iraque, em 1950. Seu pai era coordenador do partido progressista que lutava pelo secularismo e pela democracia no Iraque. Durante a infância de Zaha, Bagdá era um centro cosmopolita diversificado, e ela estudava em uma escola particular católica onde se falava francês. Em 1972, mudou-se para Londres para estudar na Architectural Association. Depois de se graduar, começou a trabalhar para o Office for Metropolitan Architecture em Roterdã e, três anos depois, abriu seu próprio escritório em Londres. Muitas vezes, pintava e desenhava seus designs, e muitas pessoas achavam-nos muito ambiciosos, recortados e vanguardistas para serem transformados em realidade. Mas Zaha estava apenas à frente de seu tempo.

Com a ajuda de novos programas de computador, conseguiu finalmente transformar seus conceitos "impossíveis" em edifícios reais, e, em 1994, seu primeiro prédio foi construído: uma pequena estação de bombeiros na Alemanha. Zaha transformava suas encomendas em obras de arte, por menores que fossem. Quando foi contratada para construir o Rosenthal Center for Contemporary Art em Cincinnati, muitos o consideravam um trabalho relativamente pequeno. Quando ela concluiu o projeto em 2003, o *New York Times* chamou-o de "o mais importante prédio estadunidense a ser concluído desde o final da Guerra Fria".

Zaha expandiu seu escritório de design para 400 funcionários; na maioria dos escritórios, empregar 25 pessoas é considerado muito! Tornou-se famosa por seus espaços modernos fluidos que se serpenteiam de maneiras inesperadas. Em 2004, tornou-se a primeira mulher a vencer o Prêmio Pritzker de arquitetura, que é considerado o Prêmio Nobel da área. Seu escritório construiu estruturas por todo o mundo, incluindo o Bridge Pavilion, em Saragoça, Espanha (2005-2008), a Guangzhou Opera House, na China (2003-2010), e o Heydar Aliyev Center, em Baku, Azerbaijão (2007-12). O National Museum of 21st Century Arts (MAXXI), em Roma (1998-2010), lhe rendeu o Prêmio Stirling de 2010.

Em 2016, enquanto estava supervisionando a construção de seu arranha-céu chamado Scorpion Tower, em Miami, Zaha adoeceu e faleceu aos 65 anos. Hoje, é lembrada como um dos arquitetos mais influentes da história, e seus projetos continuam a ser construídos por todo o mundo.

MUITOS DE SEUS EDIFÍCIOS FORAM CONCLUÍDOS DEPOIS DE SUA MORTE, ENTRE ELES OS NYC CONDOS, EM 520 WEST 28TH STREET, NOVA YORK, TAMBÉM CHAMADOS DE EDIFÍCIO ZAHA HADID.

QUANDO LHE PERGUNTARAM SOBRE SEXISMO EM SUA ÁREA, RESPONDEU:

"AINDA EXISTE UM ESTIGMA CONTRA MULHERES. ISSO MUDOU MUITO: HÁ 30 ANOS, AS PESSOAS PENSAVAM QUE AS MULHERES NÃO PODIAM CONSTRUIR UM PRÉDIO, MAS ESSA IDEIA AGORA ACABOU."

CHAKAIA BOOKER
ESCULTORA E ARTISTA DE INSTALAÇÕES · (1953–)

FEZ UMA EXPOSIÇÃO SOLO NO NATIONAL MUSEUM OF WOMEN IN THE ARTS E NO STORM KING ART CENTER.

CRESCEU VENDO AS TIAS, A AVÓ E A IRMÃ COSTURANDO SUAS PRÓPRIAS ROUPAS.

SEMPRE QUE TRABALHA COM UM NOVO MATERIAL, FAZ UMA NOVA OBRA DE ARTE VESTÍVEL.

As grandes esculturas de Chakaia Booker são escuras, texturizadas e têm cheiro forte. Ela corta, inclina, raspa e dobra pneus velhos para criar formas abstratas. Seu trabalho aborda muitas questões, de comentários sobre os problemas ambientais e a Revolução Industrial até a diversidade e a história da escravidão. Às vezes, o trabalho dela tem a ver com os próprios pneus, já que as rodas são um veículo para a liberdade. Chakaia não gosta de explicar demais seu trabalho e deixa os espectadores decidirem o que as obras significam para eles.

Chakaia nasceu em New Jersey em 1953. Em 1976, formou-se em Sociologia na Rutgers University. Quando uma amiga lhe deu de presente um pote em espiral feito à mão, Chakaia encontrou sua verdadeira vocação! Gostou tanto da textura e do verniz rústico do presente que começou a aprender como fazer sua própria cerâmica. Chakaia experimentou tecelagem, pintura e camadas de pedaços quebrados de cerâmica para criar esculturas. Logo estava criando esculturas em larga escala e obras de arte vestíveis a partir de objetos encontrados e cestas tecidas. A arte vestível acontece quando a escultura encontra a moda. Chakaia faz a maioria de suas próprias roupas e enfeites de cabeça e gosta de "se esculpir" antes de ir para o estúdio.

O ato de reciclar materiais descartados viria a se tornar a base de seu trabalho, e nada estava fora dos limites, incluindo escorredores de pratos, frutas, ossos e tampas de garrafas. Enquanto morava em Nova York na década de 1980, encontrou seu material favorito: pneus retirados de carros abandonados.

Em 1993, concluiu um mestrado em Belas-Artes da City College de Nova York. Em 1996, sua obra *Repugnant Rapunzel* foi exibida na exposição de cultura do século XX na Casa Branca. Em 2000, teve duas obras expostas na Bienal Whitney: *Echoes in Black* (1997) e *It's So Hard to Be Green* (2000). Essas duas esculturas feitas de pneus representam os sacrifícios que fizemos para nos transformar em uma sociedade industrializada. Em 2005, Chakaia recebeu uma bolsa da Fundação Guggenheim. Suas esculturas de pneus têm sido expostas na Instituição Smithsonian e estão nas coleções de muitos museus, entre eles o Met em Nova York. Ela planeja nunca se aposentar e continuar a fazer arte com seu material predileto: pneus encontrados!

PRATICA *TAI CHI* TODOS OS DIAS

CRIOU GRANDES ESCULTURAS PÚBLICAS AO AR LIVRE, COMO *PASS THE BUCK* (2008), *TAKE OUT* (2008) E *SHAPE SHIFTER* (2012).

KAZUYO SEJIMA
ARQUITETA · (1956-)

Kazuyo Sejima cria edifícios com um toque leve. Suas estruturas nunca separam completamente o exterior do interior, com a luz do sol entrando por janelas gigantescas, formas geométricas e espaços abertos fluidos. É conhecida por seus espaços brancos, feitos de metal reflexivo, mármore e vidro. Seus edifícios são feitos para serem explorados, para as pessoas se sentarem, observarem a natureza e fazerem novos amigos. Sejima acredita que a arquitetura é mais que apenas construir marcos, tem a ver com experiência humana, criando locais para que as pessoas se conectem. Ela nem mesmo considera que um edifício está completo antes que os outros comecem a usá-lo.

Sejima nasceu na cidade de Ibaraki, Japão, em 1956. Formou-se na Universidade Feminina do Japão em 1981 com um mestrado em Arquitetura e então, foi contratada pelo famoso arquiteto Toyo Ito. Em 1987, abriu seu próprio escritório em Tóquio, o Kazuyo Sejima & Associates. Em 1992, ela foi nomeada jovem arquiteta do ano por seu projeto para o dormitório feminino Saishunkan Seiyaku em Kumamoto (1990-91). Esse edifício tinha o brilho que é assinatura de Sejima, com seus espaços brancos cheios de luz e grandes espaços comuns ao ar livre, onde estudantes podiam se reunir e estudar. Sua empresa continuou a crescer, e, em 1995, ela se associou ao arquiteto Ryue Nishizawa para abrir o escritório Sejima and Nishizawa and Associates (SANAA). Isso possibilitou que eles aceitassem projetos maiores e mais complexos.

No início da parceria, a maior parte dos projetos do SANAA eram localizados no Japão. Eles projetaram museus como o Museu-O, em Nagano (1995-99), e o Museu do Século XXI de Arte Contemporânea, em Kanazawa (1999-2004). Esses espaços permitiam que os visitantes criassem seus próprios caminhos pelos museus. No início dos anos 2000, Sejima e Nishizawa começaram um dos seus primeiros grandes trabalhos no exterior: o projeto icônico de um cubo da Escola de Administração e Design Zollverein, na Alemanha (2003-2006). Eles continuaram a projetar muitos outros marcos icônicos, como o assimétrico New Museum, em Nova York (2003-2007), e o ondulante Centro de Aprendizagem Rolex, na Suíça (2004-2010).

Em 2010, juntos, Sejima e Nishizawa venceram o Prêmio Pritzker, considerado o Prêmio Nobel da arquitetura. O SANAA continua a ser um dos escritórios de arquitetura mais prestigiados do mundo.

EM 2010, TORNOU-SE A PRIMEIRA MULHER A SER CURADORA DA BIENAL DE ARQUITETURA DE VENEZA.

SANNA PROJETOU A NOVA UNIDADE DO LOUVRE, EM LENS, NA FRANÇA.

TANTO SEJIMA QUANTO NISHIZAWA TINHAM SEUS PRÓPRIOS ESCRITÓRIOS PARA PROJETOS DE MENOR ESCALA.

SEJIMA LECIONOU NA UNIVERSIDADE DE PRINCETON, NA POLITÉCNICA DE LAUSANNE, NA UNIVERSIDADE DE ARTE DE TAMA E NA UNIVERSIDADE KEIO.

O PROJETO DO NEW MUSEUM FEITO PELO SANAA É FORMADO POR SEIS CAIXAS ASSIMÉTRICAS, BASEADAS NAS PROPORÇÕES DOS EDIFÍCIOS AO REDOR DELAS.

SHIRIN NESHAT
FOTÓGRAFA E DIRETORA DE CINEMA · (1957–)

O FILME *MULHERES SEM HOMENS* FOI BASEADO EM UM LIVRO BANIDO DE SHAHRNUSH PARSIPUR, QUE PASSOU 5 ANOS NA PRISÃO DEPOIS DE SUA PUBLICAÇÃO.

EM 1997, VENCEU O PRÊMIO DA 48ª BIENAL DE VENEZA COM SUA INSTALAÇÃO DE VÍDEO DE DUAS TELAS CHAMADA TURBULENT.

Shirin Neshat nasceu em 1957 em Qazvin, Irã, em um "ambiente familiar muçulmano muito caloroso e solidário". Na época, o Irã era um país laico. Em 1974, aos 17 anos, ela se mudou para os Estados Unidos para estudar arte na Universidade da Califórnia, em Berkeley. Enquanto estava nos EUA, aconteceu a revolução islâmica de 1979 no Irã. A monarquia persa foi derrubada e o governo foi substituído por uma república islâmica governada por rígidas leis religiosas. Em 1983, tornou-se ilegal que as mulheres mostrassem qualquer parte do corpo além de mãos, pés e rosto. Enquanto isso, nos EUA, Shirin mudou-se para Nova York e trabalhou no Storefront for Art and Architecture. Voltou ao Irã em 1990 e ficou chocada ao ver quanto o país tinha mudado. Sentiu-se inspirada pela força e pela perseverança das mulheres iranianas. Em 1993, começou a se fotografar com o xador, um dos tipos de véus que todas as mulheres são obrigadas por lei a usar no Irã. Esse foi o início de sua série *Mulheres de Alá* (1993-97), em que Shirin combina imagens de mulheres veladas e palavras de textos religiosos nas partes do corpo que elas têm permissão para mostrar em público. Com essas obras, explorou as ideias de martírio, fé e feminismo.

Quanto mais tempo Shirin permanecia no Irã, mais político se tornava seu trabalho, mas as críticas ao governo iraniano podem levar à prisão ou até à execução. Shirin temia por sua segurança e deixou o Irã em 1996. Ela começou seu trabalho como "artista no exílio". Embora não possa trabalhar no Irã, continua a contar histórias do povo iraniano. Busca produzir arte que lute contra os estereótipos negativos sobre o povo do Oriente Médio e também exponha o governo opressivo do Irã. Shirin está constantemente "lutando duas batalhas em terrenos diferentes".

Durante seis anos, dirigiu e atuou em seu filme *Mulheres sem homens* (2009), que se passa em 1953, durante o golpe ocorrido no Irã com apoio estrangeiro. Ele conta a história de quatro mulheres que buscam se libertar da opressão, enquanto o país está protestando por democracia e liberdade das intervenções estrangeiras. Hoje, Shirin mora em Nova York e continua a viajar pelo mundo dirigindo filmes. Para ela, a arte é uma poderosa ferramenta política.

DIRIGIU O FILME *PROCURANDO OUM KULTHUM* (2017), SOBRE UMA FAMOSA CANTORA EGÍPCIA.

SHIRIN VENCEU O PRÊMIO LEÃO DE PRATA DE MELHOR DIRETOR NO 66º FESTIVAL DE CINEMA DE VENEZA COM O FILME *MULHERES SEM HOMENS*.

SOKARI DOUGLAS CAMP
ESCULTORA · (1958–)

A escultora Sokari Douglas Camp adora trabalhar com aço. Com a solda ela tem transformado metal em flores delicadas, tecido estampado, uma mulher dançando e até um ônibus em tamanho real. Com esse material forte, cria obras de arte belas e permanentes.

Sokari nasceu em Buguma, Nigéria, em 1958. Foi criada pelo cunhado, um antropólogo cuja família era de artistas. Ele deu a Sokari seu primeiro kit de pintura. Aos 8 anos, ela começou a estudar em um colégio interno na Inglaterra. Depois, estudou na Central School of Art and Design de Londres e obteve o mestrado em Artes no Royal College of Art em 1986. Depois de concluir seus estudos, voltou à Nigéria, onde conheceu o marido, o arquiteto Alan Camp. Juntos, mudaram-se para a Inglaterra.

O trabalho esculpido de Sokari é inspirado no tempo que ela passou no Reino Unido e na força, na moda e no espírito do povo nigeriano. Suas figuras esculturais muitas vezes estão vestidas com roupas tradicionais nigerianas, com padrões decorativos e cores brilhantes, tudo feito de metal. No decorrer da carreira, ela fez exposições por todo o mundo.

Em 2012, criou a escultura chamada *All the World Is Now Richer* para comemorar a abolição da escravatura. Inspirou-se no ex-escravo William Prescott, que, em 1937, escreveu: "Eles vão se lembrar que fomos vendidos, mas não que éramos fortes; vão lembrar que fomos comprados, mas não que éramos corajosos". Sokari criou seis figuras esculpidas, cada uma usando as roupas de um período diferente, representando a história antes e depois da emancipação. Essas obras de arte poderosas têm sido exibidas publicamente em muitos locais, entre eles a Câmara dos Comuns em Londres. Sokari também usa esculturas para falar sobre a necessidade de proteger nosso planeta. Quer chamar atenção especialmente para a poluição do delta do rio Níger, na Nigéria. Para isso, criou muitas obras de arte que usam barris de óleo reciclados, como a escultura *Green Leaf Barrel* (2014).

Hoje, Sokari pode ser encontrada em seu estúdio em Londres com um maçarico em uma das mãos e metal na outra, criando belas obras de arte que se concentram nos problemas com que ela se importa.

OBRAS COMO *BLIND LOVE AND GRACE* (2016) FAZEM REFERÊNCIA A QUADROS OCIDENTAIS, MAS APRESENTAM FIGURAS NIGERIANAS EM ROUPAS TRADICIONAIS.

"TENHO O SONHO DE QUE O DELTA DO RIO NÍGER SERÁ CURADO MESMO QUE ESTEJA MORRENDO COM A POLUIÇÃO POR PETRÓLEO."

BATTLE BUS: MEMORIAL LIVING FOR KEN SARO WIWA (2006) É UMA ESCULTURA EM TAMANHO REAL DE UM ÔNIBUS EM HOMENAGEM AO RESPEITADO ATIVISTA ECOLÓGICO KEN SARO WIWA.

SEU TRABALHO ESTÁ EM COLEÇÕES NO MUSEU SMITHSONIAN, NO MUSEU DE ARTE SETAGAYA DE TÓQUIO E NO MUSEU BRITÂNICO.

MAYA LIN
ARQUITETA, ESCULTORA E DESIGNER · (1959-)

EM 2016, RECEBEU A MEDALHA PRESIDENCIAL DA LIBERDADE, A MAIS ALTA HONRARIA CIVIL DOS EUA.

A MESA DAS MULHERES LISTA O NÚMERO DE MULHERES QUE ESTUDARAM NA UNIVERSIDADE DE YALE DESDE SUA FUNDAÇÃO EM 1701, COMEÇANDO COM UMA LONGA SEQUÊNCIA DE ZEROS QUE MARCAM TODOS OS ANOS EM QUE NENHUMA MULHER FOI ADMITIDA.

Maya Lin nasceu em 1959 em Athens, Ohio. Veio de uma família acadêmica e começou seus estudos de arquitetura na Universidade de Yale. Em 1981 houve uma convocação nacional para candidatos a projetar o *Memorial dos veteranos do Vietnã*, na cidade de Washington. A Guerra do Vietnã havia sido muito impopular nos Estados Unidos, e centenas de milhares de jovens tinham sido convocados para lutar no exterior. A guerra terminou em 1975, quando os EUA se retiraram derrotados do Vietnã. Em 1981, a guerra ainda era polêmica. Maya entrou na competição com seu projeto de um simples muro em forma de V, de pedra preta reflexiva, que mergulharia na terra. Os nomes de todos os soldados mortos estariam no muro. Ela queria criar um espaço em que cada visitante pudesse refletir e se lembrar da guerra de seu próprio modo. Aos 21 anos, enquanto ainda era estudante universitária, Maya venceu a competição!

Quando foi anunciado que Maya havia criado o projeto vencedor, houve um tumulto. Sua herança asiática provocou insultos raciais dos políticos e da imprensa. Alguns políticos criticaram seu projeto único, desejando um monumento mais tradicional. Eles propuseram pintar o memorial de branco e colocar uma estátua de 2,5 m e uma bandeira no topo. Maya defendeu seu projeto diante do Congresso e de uma sala cheia de repórteres, e sua ideia original foi construída. Desde 1982, milhões de pessoas visitaram o memorial para lamentar e recordar. Ele agora é amplamente adorado.

O *Memorial dos veteranos do Vietnã* foi apenas o início da carreira de Maya. Ela criou esculturas inspiradas nos montes funerários dos povos nativos norte-americanos que viu enquanto crescia em Ohio. Sua série *Wave Fields* representa paisagens esculpidas com forma de ondas. Seus muitos edifícios, como a Weber House (1991-93) e a Biblioteca Langston Hughes (1999), foram criados em resposta à paisagem ao redor deles. Em todas as suas obras, Maya se compromete a usar materiais sustentáveis e limitar o impacto negativo sobre o ambiente. Também projetou muitos memoriais que marcam momentos complicados da história. Criou o *Memorial dos Direitos Civis* (1989), em Alabama, e *A mesa das mulheres* (1993), na Universidade de Yale. Seu trabalho não é apenas arquitetura nem apenas escultura; em vez disso, é algo poderoso que pertence às duas áreas. Hoje, Maya Lin continua a expandir os limites da arte e do design.

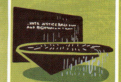

SEU *MEMORIAL DOS DIREITOS CIVIS* É INSPIRADO NA CITAÇÃO DE MARTIN LUTHER KING JR.: "QUANDO A JUSTIÇA CORRER COMO ÁGUA...".

O MEMORIAL INTITULADO *O QUE ESTÁ FALTANDO?* DESTACA ESPÉCIES EXTINTAS DE ANIMAIS E PLANTAS E A DESTRUIÇÃO DE HÁBITATS POR TODO O MUNDO.

MAIS MULHERES NAS ARTES

HELENA DO EGITO
(FINAL DO SÉCULO IV a.C.)

Pintora na antiga Alexandria famosa por suas cenas de batalha.

SAHIFA BANU
(INÍCIO DO SÉCULO XVII)

Princesa na corte de Jahangir e a mais famosa pintora de miniaturas durante o Império Mongol da Índia.

MARIA MONTOYA MARTINEZ
(1887–1980)

Artista nativa americana aclamada internacionalmente por sua cerâmica em estilo pueblo.

CLAUDE CAHUN
(1894–1954)

Fotógrafa e escritora que usava fantasias para explorar a identidade de gênero. Desafiou a construção de gênero da sociedade ao se fotografar vestida com roupas que eram hiperfemininas, masculinas ou de gênero neutro.

LINA BO BARDI
(1914–1992)

Arquiteta modernista e designer de móveis e joias ítalo-brasileira. Está entre os mais importantes arquitetos do Brasil.

LEONORA CARRINGTON
(1917–2011)

Artista, pintora e escritora mexicana nascida na Inglaterra. Parte do movimento surrealista e membro fundador do movimento de libertação das mulheres no México na década de 1970.

DIANE ARBUS
(1923–1971)

Fotógrafa estadunidense famosa por seus retratos em branco e preto de párias e pessoas excluídas vivendo às margens da sociedade.

HELEN FRANKENTHALER
(1928–2011)

Artista expressionista abstrata estadunidense e importante contribuidora do movimento campo de cor. Recebeu a Medalha Nacional de Artes em 2001.

DEBORAH EVELYN SUSSMAN
(1931–2014)

Designer gráfica e pioneira do design ambiental, que incorporou artes gráficas na arquitetura e nos espaços públicos.

BARBARA KRUGER
(1945–)

Artista conceitual estadunidense famosa por suas icônicas fotocolagens em preto, branco e vermelho e mensagens feministas.

TOSHIKO MORI
(1951–)

Arquiteta japonesa e fundadora da Toshiko Mori Architect e da VisionArc, situadas em Nova York. Seus designs modernos, inovadores e sustentáveis receberam muitos prêmios importantes do AIA.

LUBAINA HIMID
(1954–)

Artista contemporânea e curadora britânica indicada para a Most Excellent Order do Império Britânico em unho de 2010 por "serviços à arte feminina negra".

SUSAN KARE
(1954–)

Designer gráfica que criou os ícones para o primeiro computador Apple Macintosh, na década de 1980, e projetou elementos para produtos Microsoft e IBM.

LI CHEVALIER
(1961–)

Pintora e artista de instalações francesa nascida na China, cujas obras frequentemente incluem pintura a tinta, violoncelos e iluminação dramática para criar um espaço contemplativo.

WANGECHI MUTU
(1972–)

Artista queniana aclamada internacionalmente cujas pinturas, esculturas, filmes e performances tratam de temas afro-futuristas.

117

CONCLUSÃO

Neste livro, você leu sobre escultoras que criaram monumentos, arquitetas que transformaram o horizonte das nossas cidades e pintoras que desnudaram sua alma. Mas a arte não é apenas o modo como nos expressamos, é também o modo como escolhemos ver o mundo. Ao olhar para uma obra de arte, seja um anúncio ou um quadro a óleo, pergunte a si mesmo qual é a intenção do artista, a qual propósito a obra serve e qual história ela conta.

Por toda a história, mulheres artistas ultrapassaram barreiras, criaram obras importantes e inspiraram o mundo. Muitas delas tiveram de lutar contra sexismo, preconceito de classe, racismo ou outros obstáculos para que suas obras fossem vistas e levadas a sério. Agora, podemos colocar essas mulheres no seu lugar de direito na história da arte e celebrar suas contribuições. Vamos honrar o legado delas continuando a criar. Construa o que você vê em seus sonhos mais loucos! Expresse-se criando algo novo! Compartilhe suas ideias com o mundo! Vá em frente e crie sua própria obra-prima!

FONTES

Foi muito divertido fazer pesquisa para este livro. Usei todo tipo de fontes: arquivos de galerias, entrevistas, palestras, artigos de museus, livros, filmes e a internet. Se você quiser saber mais sobre essas mulheres (e com certeza deve querer!), aqui estão algumas das fontes que consultei. Elas são um ótimo lugar para começar.

Se você quiser saber fontes mais específicas para cada mulher do meu livro, visite meu site: rachelignotofskydesign.com/women-in-art-resources.

LIVROS

BROWN, Rebecca M.; HUTTON, Deborah S. *A Companion to Asian Art and Architecture (Blackwell Companions to Art History)*. Chichester, Reino Unido: Wiley-Blackwell, 2015.

CHANG, Kang-i Sun; SAUSSY, Haun. *Women Writers of Traditional China: An Anthology of Poetry and Criticism*. Stanford, CA: Stanford University Press, 2000.

GHEZ, Didier. *They Drew As They Pleased, vol. 4, The Hidden Art of Disneys Mid-Century Era: The 1950s and 1960s*. São Francisco: Chronicle Books, 2018.

HELLER, Nancy G. *Women Artists: An Illustrated History*. Nova York: Abbeville Press, 2003.

KLEINER, Fred S. *Gardners Art Through the Ages: A Global History*. 14. ed. Boston: Cengage Learning, 2013.

KLEINER, Fred S. *Gardners Art Through the Ages: Backpack Edition, Book F: Non-Western Art Since 1300*. 15. ed. Boston: Cengage Learning, 2015.

LEE, Hong; XIAO, Lily; LAU, Clara; STEFANOWSKA, A. D. (eds.). *Biographical Dictionary of Chinese Women, vol. 1, The Qing Period, 1644-1911*. Abingdon, Reino Unido: Routledge, 2015.

LIGHTMAN, Marjorie; LIGHTMAN, Benjamin. *A to Z of Ancient Greek and Roman Women*. Nova York: Facts on File, 2007.

MATHEWS, Nancy Mowll. *Mary Cassatt: A Life*. Nova York: Villard Books, 1994.

PENROSE, Antony. *The Lives of Lee Miller*. Nova York: Thames & Hudson, 1995.

POLAN, Brenda; TREDRE, Roger. *The Great Fashion Designers*. Oxford, Reino Unido: Berg Publishers, 2009.

SEAMAN, Donna. *Identity Unknown: Rediscovering Seven American Women Artists*. Nova York: Bloomsbury USA, 2017.

STOKES, Simon. *Art and Copyright*. Oxford, Reino Unido: Hart Publishing, 2012.

STRICKLAND, Carol. *The Annotated Mona Lisa: A Crash Course in Art History from Prehistoric to the Present (Annotated Series)*. 3. ed. Kansas City, MO: Andrews McMeel Publishing, 2018.

WEIDEMANN, Christiane. *50 Women Artists You Should Know*. Nova York: Prestel, 2017.

ESTATÍSTICAS

ANAGNOS, Christine; TREVINO, Roger; VOSS, Zannie Giraud; WADE, Alison D. *The Ongoing Gender Gap in Art Museum Directorships*. Association of Art Museum Directors. Disponível em: aamd.org/sites/default/files/document/AAMD%20NCAR%20Gender%20Gap%202017.pdf. Acesso em: 18 dez. 2018.

GUERRILLA GIRLS. *Do women have to be naked to get into the Met Museum?* Disponível em: guerrillagirls.com/naked-through-the-ages. Acesso em: 18 dez. 2018.

SITES

American Institute of Architects: www.aia.org

American Institute of Architects California Council: www.aiacc.org

American Institute of Graphic Arts: aiga.org

The Broad: thebroad.org

Brooklyn Museum: brooklynmuseum.org

Eames: eamesoffice.com

Encyclopedia Britannica: britannica.com

The Georgia O'Keeffe Museum: okeeffemuseum.org

Guggenheim museums and foundation: guggenheim.org

Industrial Designers Society of America: idsa.org

Makers: www.makers.com

The Metropolitan Museum of Art: metmuseum.org

The Museum of Modern Art (MoMA): moma.org

National Museum of American History. Smithsonian Institution: americanhistory.si.edu

National Museum of Women in the Arts: nmwa.org

National Visionary Leadership Project: visionaryproject.org

San Francisco Museum of Modern Art: sfmoma.org

Smithsonian American Art Museum: americanart.si.edu

Tate: tate.org.uk

Victoria and Albert Museum: vam.ac.uk

FILMES, VÍDEOS E PALESTRAS

Abstract: The Art of Design: "Paula Scher: Graphic Design". Dirigido por Richard Press; estrelado por Paula Scher. Netflix, 10 fev. 2017.

American Masters: "Dorothea Lange: Grab a Hunk of Lightning". Dirigido e escrito por Dyanna Taylor. PBS, 29 ago. 2014.

American Masters: "Eames: The Architect & The Painter". Produzido e escrito por Jason Cohn. PBS, 11 nov. 2011.

Art in Exile. Palestra no TEDWomen de Shirin Neshat, 2010. Disponível em: ted.com/talks/shirin_neshat_art_in_exile?language=en.

Good Morning America: Entrevista com Loïs Mailou Jones. ABC News, 1995.

Great design is serious, not solemn. Palestra no TED de Paula Scher, 2008. Disponível em: ted.com/talks/paula_scher_gets_serious?language=en, 2008.

Maya Lin: A Strong Clear Vision. Dirigido e escrito por Freida Lee Mock; estrelado por Maya Lin. Ocean Releasing, out. 1994.

No Colour Bar, Black British Art in Action. Palestra da artista Sokari Douglas Camp 26 nov. 2017. Disponível em: youtube.com/watch?v=_yr1fztwrnU.

Tamara de Lempicka, Worldly Deco Diva. Dirigido por Helen Nixon; apresentado por Andrew Graham-Dixon. BBC Four, 2004.

Yayoi Kusama, Obsessed with Polka Dots. Vídeo da Tate, 6 fev. 2012. Disponível em: youtube.com/watch?v=rRZR3nsileA.

AGRADECIMENTOS

Este livro foi possível graças à incrível equipe da Ten Speed Press. Obrigada a Kaitlin Ketchum por ser minha editora dos sonhos. Seu apo o, suas sugestões maravilhosas e sua paixão pelo feminismo tornaram possível a publicação desta série de livros sobre a história das mulheres. Sou grata a minha revisora Dolores York e ao editor-chefe da Ten Speed, Doug Ogan, por impedir que meus erros de ortografia e gramática me envergonhassem. Agradeço muito também a minha designer Chloe Rawlins por suas habilidades talentosas de composição tipográfica e a Dan Myers e à equipe de produção da Ten Speed, que garantiram que os livros ficassem tão bonitos. Muito obrigada a Windy Dorresteyn, Daniel Wikey e Lauren Kretzschmar, a equipe de marketing e publicidade cuja atividade garantiu que estes livros chegassem a vocês todos no mundo real. Também quero expressar meu agradecimento a Claire Posner, que gerencia os direitos subsidiários do meu trabalho. Seu esforço permitiu que meus livros fossem traduzidos e vendidos em todo o mundo.

Agradeço à maior agente literária de todo o mundo, Monica Odom. Ela ajudou a transformar os sonhos de cada um de meus livros em realidade

Muito obrigada à família Ignotofsky, a Aditya Voleti pelas informações e a todos os meus queridos amigos que me ouviram falar sem parar sobre este livro.

Todo o meu amor vai para meu marido e sócio nos negócios, Thomas Mason IV, por ajudar a checar os fatos, por suas informações e sugestões e por garantir que eu me alimentasse. Ele é o meu maior líder de torcida, que torna meus livros possíveis e minha vida maravilhosa.

Finalmente, muitíssimo obrigada a todas as mulheres da história que me inspiraram a ser uma artista (estou olhando para você, Georgia O'Keeffe). Muito obrigada também a todos os professores do programa de design gráfico e interativo da Tyler School of Art por me ensinarem como pensar criticamente sobre design.

SOBRE A AUTORA

Rachel Ignotofsky é uma autora e ilustradora na lista de *best-sellers* do *New York Times* e mora na bela Los Angeles. Ela cresceu em Nova Jersey com uma dieta saudável de *cartoons* e pudins. Formou-se no programa de design gráfico da Tyler School of Art em 2011. Rachel trabalha como autônoma e passa dia e noite desenhando, escrevendo e aprendendo tudo que pode.

Seu trabalho é inspirado pela história e pela ciência. Ela acredita que a ilustração é uma ferramenta poderosa que pode tornar a aprendizagem empolgante, e é apaixonada por tornar divertidas e acessíveis as informações densas. Rachel espera usar seu trabalho para divulgar sua mensagem sobre alfabetização científica e feminismo.

VEJA MAIS LIVROS DE RACHEL IGNOTOFSKY

MAIS LIVROS SOBRE A HISTÓRIA DAS MULHERES

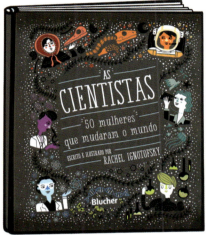

AS CIENTISTAS

AS ESPORTISTAS

LIVRO SOBRE CIÊNCIA

OS BASTIDORES DO INCRÍVEL PLANETA TERRA

125

ÍNDICE REMISSIVO

A
Agha, Mehemed Fehmy, 71
Álvarez Bravo, Lola, 62-63
Álvarez Bravo, Manuel, 63
Amaral, Tarsila do, 40-41
animação, 73
Arbus, Diane, 117
arquitetura, 38-39, 78-79, 90-91, 104-105, 108-109, 116-117
arte
    ambiental, 96-97, 101
    de instalações, 77, 93, 97, 103, 106-107, 117
    desigualdade de gênero e, 58-59
    elementos e princípios da, 34-35
    ferramentas de, 86-87
    poder da, 6-7
    têxtil, 94-95
Asawa, Ruth, 88-89

B
Bach, Johann Sebastian, 99
Banu, Sahifa, 116
Blair, Lee, 73
Blair, Mary, 72-73
Bo Bardi, Lina, 116
Bonheur, Rosa, 22-23
Booker, Chakaia, 106-107
Boucard, Pierre, 55
Bourgeois, Louise, 58, 76-77
Brice, Fanny, 75

C
Cahun, Claude, 116
Cameron, Julia Margaret, 20-21
Camp, Alan, 113
Camp, Sokari Douglas, 112-113
Carlos, Wendy, 98-99
Carrington, Leonora, 116
Cassatt, Mary, 28-29
Castel, Etienne du, 13
Catlett, Elizabeth, 6, 65, 84-85
cerâmica, 30-31, 116
Cézanne, Paul, 58, 83
Chase, Edna Woolman, 67
Chevalier, Li, 117
Civil Rights Act, 8
Clemente VIII (papa), 15
colagens, 45, 63, 117
colchas, 24-25
composição musical, 99
Cunningham, Merce, 89

D
Da Vinci, Leonardo, 58
dadá, movimento, 45
Dalí, Salvador, 81
Daosheng, Guan, 10-11
Denat de Guillebon, Jeanne-Claude, 96-97
design
    de moda, 36-37
    gráfico, 70-71, 100-101, 117
    industrial, 60-61, 78-79
    têxtil, 53, 65
Disney, Walt, 73
Driskell, David, 65
Du Bois, W. E. B., 49

E
Eames, Charles, 79
Eames, Ray, 78-79
Ellison, Ralph, 85
escultura, 8, 26-27, 49, 56-57, 76-77, 80-81, 84-85, 88-89, 93, 106-107, 112-115, 117

F
filmes, 72-73, 79, 110-111
Fontana, Lavinia, 14-15
fotografia, 7, 20-21, 50-51, 62-63, 66-67, 98-99, 110-111, 116, 117
Frankenthaler, Helen, 117

G
Gauguin, Paul, 83
Goldwater, Robert, 77
gravura, 17, 29, 84-85
Guerrilla Girls, 59

H
Hadid, Zaha, 104-105
Hausmann, Raoul, 45
Helena do Egito, 8, 116
Himid, Lubaina, 117
Höch, Hannah, 44-45
Hofmann, Hans, 79
Howard, John Galen, 39

I
ilustrações, 32-33, 73

J
Jackson, William Henry, 31
Jacob, Isidore-René, 37
Javacheff, Christo Vladimirov, 96, 97
Johnson, James Weldon, 49
Jones, Loïs Mailou, 64-65

K
Kahlo, Frida, 7, 9, 63, 68-69
Kare, Susan, 117
King, Martin Luther, Jr., 85, 115
Klumpke, Anna Elizabeth, 23
Kogan, Belle, 60-61
Kooning, Willem de, 58, 89
Kruger, Barbara, 117
Kubrick, Stanley, 99
Kuffner, Raoul, 55
Kusama, Yayoi, 92-93

L

Lange, Dorothea, 50-51, 103
Lanier, Albert, 89
Le Brun, Jean-Baptiste Pierre, 19
Lempicka, Tamara de, 54-55
Lempicki, Tadeusz, 55
Lewis, Mary Edmonia, 8, 26-27
Lhote, André, 55
Li de Shu, Lady, 11
Liebes, Dorothy, 52-53
Lin, Maya, 7, 114-115
linha do tempo, 8-9
Liu, Hung, 102-103

M

Madonna, 55
manuscritos com iluminuras, 9, 13
Maria Antonieta (rainha da França), 19
Martinez, Maria Montoya, 116
Mengfu, Zhao, 11
Micas, Nathalie, 23
Miller, Lee, 7, 66-67
Mitchell, Joan, 58
Modigliani, Amedeo, 83
Modotti, Tina, 63
Moog, Robert, 99
Moore, Annie, 33
Morgan, Julia, 38-39
Mori, Toshiko, 117
Mutu, Wangechi, 117

N

Nampeyo, 30-31
Nast, Condé, 67, 71
National Museum of Women in the
    Arts (Museu Nacional das
    Mulheres nas Artes), 8, 14

Neshat, Shirin, 110-111
Nevelson, Charles, 57
Nevelson, Louise, 56-57
Niépce, Joseph Nicéphore, 21
Nishizawa, Ryue, 108, 109

O

O'Keeffe, Georgia, 42-43, 58, 93
Oppenheim, Méret, 80-81

P

Paquin, Jeanne, 36-37
Parsipur, Shahrnush, 111
Penrose, Roland, 67
Picasso, Pablo, 81
Pierre-Noel, Louis Vergniaud, 65
Pineles, Cipe, 70-71
pintura, 10-11, 14-19, 22-23, 28-29,
    40-43, 46-47, 54-55,
    68-69, 74-75, 82-83, 92-95,
    102-103, 116, 117
Pisano, Cristina de, 8, 12-13
poesia, 10-11
Potter, Beatrix, 32-33
Powers, Harriet, 24-25
Prescott, William, 113
Price, Vincent, 75

R

Ray, Man, 67, 81
Reinhardt, Ad, 71
Renzong, imperador, 10, 11
Ringgold, Faith, 94-95
Rivera, Diego, 57, 69, 74, 75

S

Saarinen, Eero, 79
Savage, Augusta, 48-49
Scher, Paula, 100-101
Schumacher, Patrik, 105

Sejima, Kazuyo, 108-109
Sher-Gil, Amrita, 82-83
Sirani, Elisabetta, 16-17
Sirani, Giovanni Andrea, 17
Sklarek, Norma, 90-91
Smith, Jennie, 24
Stieglitz, Alfred, 43
Streat, Thelma Johnson, 9, 74-75
surrealista, movimento, 81
Sussman, Deborah Evelyn, 117

T

tecelacem, 52-53
Thomas, Alma, 46-47, 65
Tubman, Harriet, 85

U

Utamaro, Kitagawa, 29

V

Valentine, Helen, 71
Vigée-Le Brun, Elisabeth-Louise,
    18-19

W

Warhol, Andy, 71, 93
Warne, Norman, 33
Wedgwood, Thomas, 21
Weston, Edward, 63
Wheatley, Phillis, 85

Z

Zappi, Paolo, 15

DEDICADO A TODOS OS PROFESSORES E PROFESSORAS DE ARTE
QUE ME INCENTIVARAM QUANDO JOVEM.

TÍTULO ORIGINAL EM INGLÊS: WOMEN IN ART: 50 FEARLESS CREATIVES WHO INSPIRED THE WORLD

COPYRIGHT © 2019 BY RACHEL IGNOTOFSKY
COPYRIGHT © 2021 BY EDITORA EDGARD BLÜCHER LTDA.

THIS TRANSLATION PUBLISHED BY ARRANGEMENT WITH TEN SPEED PRESS, AN IMPRINT OF RANDOM HOUSE, A DIVISION OF PENGUIN RANDOM HOUSE LLC.

DESIGN ORIGINAL DE CHLOE RAWLINS.

TRADUÇÃO
SONIA AUGUSTO

COORDENAÇÃO EDITORIAL
JONATAS ELIAKIM

PRODUÇÃO EDITORIAL
LUANA NEGRAES

PREPARAÇÃO DE TEXTO
ANDRÉA STAHEL

DIAGRAMAÇÃO
ADRIANA AGUIAR SANTORO

REVISÃO DE TEXTO
BÁRBARA WAIDA

ADAPTAÇÃO DE CAPA
LEANDRO CUNHA

IMPRESSÃO E ACABAMENTO
PLENAPRINT

Blucher

Rua Pedroso Alvarenga, 1245, 4º andar
04531-934 – São Paulo – SP – Brasil
Tel.: 55 11 3078-5366
contato@blucher.com.br
www.blucher.com.br

Segundo o Novo Acordo Ortográfico, conforme 5. ed. do *Vocabulário Ortográfico da Língua Portuguesa*, Academia Brasileira de Letras, março de 2009.

É proibida a reprodução total ou parcial por quaisquer meios sem autorização escrita da editora.

Todos os direitos reservados pela Editora Edgard Blücher Ltda.

Dados Internacionais de Catalogação na Publicação (CIP)
Angélica Ilacqua CRB-8/7057

Ignotofsky, Rachel
    As artistas: 50 mulheres que inspiraram o mundo / texto e ilustrações de Rachel Ignotofsky; tradução de Sonia Augusto. – São Paulo: Blucher, 2021.
    128 p.: il., color.

    Bibliografia.
    ISBN 978-65-5506-218-2 (impresso)
    ISBN 978-65-5506-219-9 (eletrônico)

Título original: *Women in Art: 50 Fearless Creatives Who Inspired the World*.

    1. Mulheres artistas   2. Mulheres artistas – História
3. Mulheres artistas – Biografias   4. Mulheres – Poder
I. Título.   II. Augusto, Sonia.

21-1902   CDD 704.042092

Índice para catálogo sistemático:
1. Mulheres artistas – História